Pluie, moutons et jelly

*Ou les tribulations d'une franco-
italienne en Angleterre*

SEALS

Pluie, moutons et jelly

Ou les tribulations d'une franco-italienne en Angleterre

Éditeur : BoD-Books on Demand, 12/14 rond-point des Champs Élysées, 75008 Paris, France

Impression : BoD-Books on Demand, Norderstedt, Allemagne

ISBN : 978-2-322-11353-8

Dépôt légal : Septembre 2016

À mon papa qui veille toujours sur moi, où qu'il soit.

« Etre heureux ne signifie pas que tout est parfait.

Cela signifie que vous avez décidé de regarder au-delà des imperfections ».
Aristote

Prologue

Je ne suis pas douée.

Je n'ai pas de don ni de faculté particulière. Je ne joue pas du piano ni de la guitare, je n'excelle pas dans une discipline telle que la danse, la peinture ou les travaux manuels, même si j'adore reproduire les chorégraphies, mélanger les couleurs à l'huile pour trouver la bonne nuance et je voudrais suivre un atelier chez Leroy Merlin pour maitriser la perceuse.

Je ne sais pas comment tenir une raquette de tennis, j'ai peur de la pente quand je suis sur des skis. Je peux réparer une boutonnière d'une chemise mais mes prouesses de couturière s'arrêtent là. Je sais faire la pâte à pizza mais pas celle feuilletée. Je suis ordinaire, à la limite du banal et conformiste, absurdement bourgeoise. L'originalité, la surprise, les exploits en tout genre ne font pas partie de mon répertoire.

Pourtant je suis passionnée, d'une manière forcenée passionnée, que cela plaise ou pas.

Couleurs et saveurs sous cellophane

Je suis née sur la côte nord de l'Italie. Pendant plus de vingt années, j'ai côtoyé mer chaude, ciel bleu et soleil trois cents jours par an. Après avoir vécu à Paris, quand Jean, mon mari, m'a annoncé sa mutation professionnelle dans le Sud….de l'Angleterre, je me suis demandée si ce changement n'allait pas un peu plus perturber mon « équilibre » entre saisons, couleurs et températures.

« Mais non ! Arrêtons avec les clichés un peu dépassés de l'Angleterre et des Anglais. La pluie, le thé, les sous-entendus, leur façon de faire la queue sans savoir quoi attendre ». J'échange avec excitation avec l'une de mes amies françaises, « tout cela fait partie d'une sorte de folklore caricatural », j'ajoute avec ardeur. Je suis donc prête à embrasser cette aventure outre-Manche. Sans à priori.

De toute façon, je ne vois que du positif. Je ne peux qu'apprécier ma bonne étoile. Je vis dans une grande maison avec ma famille, dans un environnement bourgeois, je suis en bonne santé et j'ai même choisi de me remettre à travailler. Je suis incapable d'anticiper d'éventuelles frustrations ou déceptions.

Si j'étais arrivée au Royaume Uni il y a vingt ans ou même il y a dix ans dans une situation « pas-mariée, pas-d'enfants », ma vie en Angleterre au quotidien aurait été « un peu plus » ou « un peu moins ». Certainement différente.

Je suis arrivée il y a trois ans. Je ne suis pas ici pour un regroupement familial, ni parce que je fuis le chômage et la crise galopante des pays du Sud de l'Europe. J'ai suivi mon mari dans son parcours de carrière. C'est la phrase que j'ai concoctée pour dire en même temps que ma « moitié » a une carrière et que moi je suis excusée d'en ambitionner une.

Mais après les premières semaines pendant lesquelles je flotte dans un bonheur enivrant, je retombe ensuite sur terre.

Et je me demande si c'est l'œuf ou la poule. Est-ce cet environnement qui m'entraine comme un aimant géant dans des coups des blues à répétition ? Ou est-ce une dépression latente qui transfigure l'outre-Manche en la méchante responsable ? En gros : est-ce que c'est l'Oxfordshire, ses moutons, ses routes trouées et inondées, son absence de glamour ? Ou est-ce mon moi profond ?

Serais-je cyclothymique ? Dans la vallée de la Tamise, je vais trouver de quoi ranimer mon déséquilibre. Je m'efforce avec inspiration de ne pas plonger dans ce cercle vicieux. J'essaie de rester toujours positive.

Je mets en place une sorte de séance improvisée d'aromathérapie : je me vaporise de parfum à maintes reprises dans la journée et je me laisse envahir par ses particules de nirvana bénéfique; je prépare les ingrédients pour une recette gourmande, j'ouvre les fenêtres pour accueillir la lumière à bras ouverts ; je fais le ménage pour aérer les pièces et dépoussiérer les objets comme dans une boule de renouveau propice aux décisions ; je repère un coin de la maison où réparer une fissure, effacer une tache sur un mur et je prépare le nécessaire pour le bricolage ; je pars courir pour m'oxygéner et dégager un maximum d'endorphines pour recharger les batteries ; je sonne chez un voisin ; j'endosse un vêtement original avec une touche sexy et une paire de chaussures à hauts talons.

Dans un déclic de sagesse, je ressens que c'est dans l'attention que l'on porte aux petites choses dont dépend la réussite d'une existence.

Que m'arrive-t-il en Angleterre ?

Ici je voudrais me laisser surprendre par les saveurs de la cuisine. Mais si je peux trouver tous les ingrédients, c'est au supermarché, pas sur des échoppes d'un marché en plein air comme j'ai pu connaitre en Italie ou en France. Je ne déniche pas de tomates qui regorgent de soleil et de vitamines, ni d'olives charnues.

Mais ici le mot « saveur » n'est qu'un concept car elles sont sous cellophane : les tomates qu'elles soient cerise, grappes ou à salade sont dans des barquettes en polystyrène enveloppées ultérieurement dans un film plastique. Ne parlons pas des tomates cœur de bœuf. Étant donné leur prix élevé le packaging sophistiqué est de rigueur. Idem pour le persil. Pour l'huile ou les olives tout est dans la « norme ». Je suis rassurée. En effet la bouteille d'huile ne possède pas une protection « renforcée » et le bocal contenant les olives est, tout simplement, en verre. Et la date de péremption n'est pas proche. Ici aussi, elles peuvent survivre.

No comment pour le poisson. Inutile de penser : c'est une ile, c'est proche de la mer, bla bla. Rien à voir. Les filets de poisson sont couverts d'une croute de pané épaisse de trois centimètres. C'est plus joli. Surtout il peut intervenir efficacement, assurément et rapidement sur le ratio masse musculaire/graisse.

Je décide d'abandonner l'idée d'un plat gourmand. J'opte pour le top de la gloutonnerie : sachet chips sel-vinaigre et soda. Sept cents grammes de chips conditionnées en sachet géant, contenant lui-même vingt-quatre petits sachets. Vive la protection de l'environnement !

Quant aux fraises, il y en a un tas de variétés. Emmitouflées dans leurs jolies barquettes, elles arborent vaniteusement l'enseigne du royaume. Je me penche davantage et je découvre qu'elles nécessitent d'être lavées avant consommation alors qu'elles stagnent sous un toit fin et transparent. Deuxième découverte : le film plastique n'est pas recyclable et la barquette sera recyclée selon l'appréciation du centre de tri.

N'essayez pas donc de gagner du temps quand vous vous apprêtez à respecter votre ratio de cinq fruits et légumes par jour.

Pour honorer les consignes d'une vie saine, je détermine une liste de fruits qui vont nous assurer le plein de vitamines : fraises, framboises, bananes, raisin, pommes, ananas et kiwi.

Une envie soudaine m'assaille. Je voudrais peser tous les plastiques recyclables qui protègent, entourent et préservent la fraicheur de ces produits. Peut-être que je me trompe. Il faut manger les contenants et non pas les contenus.

Mon doute est amplifié quand je constate l'état de dégradation dans lequel les fruits se retrouvent dès que la date de péremption est à peine dépassée d'un jour. Si par mégarde, vous la dépassez de deux jours, ils seront dénaturés, modifiés, transformés. Ils seront prêts à se désagréger à l'aube du troisième jour.

Et moi qui étais déçue par l'apparence des fruits issus de l'agriculture biologique ! Les tomates par exemple ne seront peut-être pas les reines de beauté dans un potager bio mais au moins elles ne seront ni défraichies, ni décolorées, ni pâlies au bout d'une semaine dans votre cuisine.

Mon appétit est en chute libre. Je dois passer à autre chose. Ma maison, par exemple. Celle que je loue à prix d'or dans un joli petit village typiquement anglais.

Je peux, donc, m'enthousiasmer à l'idée de faire de jolis trous dans les murs pour accrocher mes tableaux. Même pas. Je suis la locataire de la maison et toute « touche ou retouche » effectuée doit être effacée, avant de quitter les lieux. Autrement dit : mieux vaut éviter de se créer des ennuis avec l'agence immobilière et le propriétaire.

Je pourrais me passionner pour l'environnement dévoilé par les fenêtres ouvertes... oups, il pleut. Quand il ne pleut pas et que j'ouvre les fenêtres, des toiles d'araignées gorgées d'eau me souhaitent la bienvenue.

Je ne m'amuse pas ni ne rit avec mes voisins. Une fois terminé le « *hello, thank you, lovely day, isnt it ?*», les sujets de conversation se font plus rares et j'ai même la sensation que les anglais, dans une pudeur savamment maîtrisée, laissent en suspens le discours pour signifier que la discussion est bien terminée. C'est ni de l'impolitesse ni de la gentillesse… c'est « anglais » et c'est comme ça outre-Manche.

Je devrais refaire un tour en Sardaigne pour voir si les gens vivant sur une ile ont la même attitude. Inutile de le faire pour la Sicile, ils sont trop proches du continent, même de plusieurs continents !

J'ai lu une fois dans un recueil de phrases sages ou pseudo pensées que s'obliger à parler moins fort incite tout le monde autour de soi à baisser également d'un ton. Comme ça, on atteint l'harmonie suprême… on se dit « *Byyyeeeee* » en parlant de moins en moins fort et la rencontre entre voisins est terminée.

Parfois, miracle, mon interlocuteur britannique se laissera aller à un « *how is it going today ?* ». Ma naïveté me fait tomber dans le piège : je prends la peine de répondre avec richesse de détails, en parlant tantôt d'un mal de tête, tantôt d'une contrariété administrative. NOOOOON. *Fatal error*. Il suffit de répondre par la même banalité « *how do you do ?* » et afficher un sourire hypocrite. Cela suffit largement.

Si vraiment on apprécie l'individu, on peut amplifier le dialogue pour qu'il s'élève intellectuellement. Il s'agit d'un sujet irrésolu et qui touche à la sécurité nationale : la météo.

« Après la pluie le beau temps ». Cette devise n'a jamais été aussi vraie, ici.

Je peux toujours dire à la façon anglaise « belle journée, n'est-ce pas ? », même s'il pleuvote. De toutes façons un peu plus tard, il y aura du soleil et un peu plus tard encore, un nuage bleuté renversera grêle et pluie pendant dix minutes, puis, encore, le soleil dispersera ses rayons avec une puissance inattendue.

Toujours rester prudente et on passera inaperçue. Inutile de dire « il fait frais aujourd'hui ! » quand mes voisins ont l'habitude de porter un tee-shirt à manches courtes par 12°C. Inutile aussi de repérer dans les magasins des vêtements à manches longues dès que le calendrier indique printemps ou été, pure théorie bien sûr mais bien réel.

Prudence, donc. Même à la radio. Ils ne prennent pas beaucoup de risques. Je commence à croire qu'il s'agit d'enregistrements vu qu'ils disent toujours la même chose: « aujourd'hui dans la Thames Valley, alternance d'averses et d'éclaircies ».

Exception : durant les inondations de 2014. Pas possible d'écouter la radio en voiture car pas possible de se déplacer en voiture.

Exceptions anglaises

« On est en retard » – je crie en direction de Marius, une main sur mon sac, l'autre sur la main potelée de César.

« On va arriver en retard à l'école, et si on arrive en retard à l'école, on termine dans les embouteillages et si... », je m'époumone en régurgitant une série de tirades à l'encontre des enfants.

Nous y voilà. On se prépare pour affronter trois miles entre la maison et l'école. Il n'y a même pas un pet de neige et pourtant tout est bloqué. De plus, pour rendre plus suggestif le parcours, un feu de circulation nous assure une bonne demi-heure d'énervement dans la voiture.

Mais Dieu merci, le Royaume Uni est le deuxième pays le plus sûr d'Europe en termes de sécurité routière. Mais il n'y a pas de routes !!!!

Celle que nous parcourons est tristement réputée pour produire régulièrement des ralentissements importants, voir des blocages de la circulation en cas d'inondation. La cause est un feu qui régule les deux sens de circulation sur un

19

pont d'à peine trois cents mètres et qui ne propose qu'une voie de circulation. De surcroit, il est la seule jonction entre le village de Sutton Courtenay que nous habitons et l'école européenne de Culham fréquentée par Marius.

Quand je suis arrivée ici, j'étais bien consciente de toutes les « différences ». Je m'étais malheureusement arrêtée à la langue, aux poids et mesures, à la conduite automobile et aux prises électriques.

Grâce aux années d'école en Italie je savais que « *John goes into the garden* ». Et tout jeune écolier français commençant l'anglais a du s'entendre dire que « Bryan *is in the kitchen* ».

Bonté des études du passé, j'ai pu constater qu'il y a énormément de « John qui vont dans le jardin », car il est sacré. John est directement et intimement lié à son jardin comme un indien à une vache, comme un italien à ses lunettes de soleil ou comme un français à une portion de camembert.

Jusque-là ok. Mais quand j'ai pu lire sur une affichette placardée à l'entrée de la garderie d'Augustin et César qu'on allait célébrer la fête de la boue, j'ai compris que j'étais loin de connaitre toutes les merveilles de mon nouveau pays d'adoption.

Le monde merveilleux de
« Click Your Perfect Trip »

- L'entretien d'embauche

« Biiip, biiip », la sonnerie du réveil me ramène hors du rêve. La réalité depuis quelques mois est un travail. Un nouveau. Après ma première expérience dans une petite entreprise, je me réjouis d'intégrer une *grande* entreprise... ou plutôt une entreprise de *plus grande taille*.

Il faut savoir que grâce à mon désordre obsessionnel latent ou déclaré, j'ai réussi dans la vente. L'épouvantail dont je devais me tenir éloignée *dixit* mon professeur à l'université. Oui, dans la vente par téléphone.

Disons que j'ai fait le parcours à l'envers. D'abord manager d'équipes de vente et marketing téléphonique dans des entreprises de différentes tailles en Italie et en France et, ensuite, en « commerciale sédentaire ». On les appelle comme ça maintenant. Histoire de faire un peu moins agressif que « vendeuse téléphonique ».

Mais, attention ! Vente téléphonique pas n'importe où et pour n'importe qui.

Dans une des alcôves du libéralisme à outrance, ici, en Angleterre. Et pour une entreprise américaine ! Je ne fais jamais dans la demi-mesure. Obsessionnelle et, en plus, italienne. Quel mix explosif d'exagération !

« Pourquoi avez-vous postulé pour le poste de commercial sédentaire chez « *Click Your Perfect Trip* ? », m'interroge avec entrain le recruteur (en réalité un autre vendeur au téléphone mais celui-ci offrant des postes de travail) en dialoguant au téléphone.

« Parce que j'aime le challenge lié au contenu du poste et le dynamisme avec lequel l'entreprise a su se faire connaitre dans les dix dernières années», je rétorque avec l'accent le plus *posh* dont je dispose et l'assurance la plus effrontée.

Je suis surdimensionnée pour ce poste. C'est le terme qu'un recruteur aurait utilisé en France et raison pour laquelle il ne m'aurait jamais appelée au risque de créer de la frustration dans le salaire et bla bla... Ils ne veulent que des « copiés-collés ».

Ici en Angleterre, ce qui compte est la livre sterling et si je peux faire gagner un max des livres sterling à l'entreprise grâce

24

à mes compétences et à ma motivation, tout est bon : gros, petit, moche, vert, longues jambes, Bac plus 7 ou pas de Bac, si tu sais te vendre et si tu sais vendre, tu as le poste ou presque. En plus, je suis fine, gracieuse et avec Bac plus 5.

« J'ai déjà fait de la vente au cours de mes précédentes expériences », je m'empresse d'ajouter emportée par une alarme injustifiée durant un blanc de la conversation.

Après une série de « *brilliant, great* » de la part du recruteur, l'échange se termine avec la question fatidique que je pose clairement « quand aurais-je une réponse ? Est-ce qu'il y aura d'autres entretiens pour savoir si je suis sélectionnée ? ».

« Vous êtes retenue pour les prochains entretiens », me fait savoir avec mollesse le sélectionneur, « quelqu'un du département ressources humaines de l'entreprise va vous contacter dans les jours qui viennent et, ensuite, vous serez contactée par un manager de l'équipe française », termine-t-il dans un laïus qu'on sent préparé et répété plusieurs fois. J'ai bien précisé qu'il s'agit d'un vendeur et son *speech* est bien rodé.

Pour une fois, je vais beaucoup plus loin que les « *thank you, lovely day, isnt it ?* », et je rajoute avec une fière maitrise de la langue « *I'm looking forward to hearing from you soon* » que j'ai astucieusement concocté au préalable.

Je repose le combiné, je touche une mèche de cheveux, j'ajuste mes lunettes d'une manière affectée (je peux me le permettre avec une paire de Gucci) et j'expire de soulagement dans un rictus post-orgasmique. Maintenant plusieurs et embêtantes questions sans réponses s'imposent : « qui va m'appeler ? quand ? quelles questions va-t-elle, ou il poser ? ».

Au total, dix personnes me feront le *scan*. Le recruteur. Une chargée en ressources « humaines ». Deux *team leaders* de deux différentes équipes dans trois différentes langues, trois collaborateurs, futurs potentiels coéquipiers et entretien final *de visu* avec le manager du département.

Il ne s'agit pas de prouver mes compétences dont j'ai fait largement usage en Italie et en France. Chaque candidat se doit plutôt de rassurer les uns et les autres qu'il est prêt à rester en permanence centré sur les objectifs, la réussite, la compétition, le challenge.

« J'aime la compétition, j'ai déjà travaillé dans des entreprises orientées vers les résultats et les objectifs », j'entends ma voix pleine d'assurance résonner dans la pièce. J'étaye mes propos avec toute la passion qui me caractérise.

Je ne mens pas. Je suis authentique et cela se voit. Surtout, je n'ai rien à perdre. Pas de loyer à payer, pas de factures en souffrance. C'est un jeu pour moi et j'ai envie de m'amuser.

« Je m'accroche pour obtenir des résultats, je suis motivée pour atteindre les objectifs et les dépasser », je m'empresse de compléter avec un sourire et un clignement savamment planifié. Je regarde les uns et les autres à tour de rôle. Je dispense un hochement de tête à l'un, j'accroche le pouce et l'index à mon menton pour externaliser un doute noué d'intérêt à l'autre.

« Certainement, je suis d'accord, cela va de soi », j'argumente à l'anglaise. J'alterne un regard, un oui, tantôt en direction du responsable du service, tantôt du collègue qui assiste à l'entretien. Je respecte l'autorité et, en même temps, je montre à « l'autorité » que je respecte mes collègues et que je pourrai « faire équipe ». Ils veulent entendre qu'on est préparé à se faire mal, qu'on est prêt à tout, tant qu'on arrive à décrocher ces foutues ventes ! À la folie !

Une pancarte avec des caractères imprimés taille soixante-douze est affichée sur la porte vitrée du bureau du responsable. Cela veut dire beaucoup. Mais je suis tellement obnubilée par la joie que j'ai du mal à comprendre : « Mangez, buvez, dormez, vendez, vendez... ».

Cela devrait pourtant me faire tilt. Je suis encore dans les temps pour me rétracter et refuser ce job. Je devrais éventuellement sourciller et m'interroger sur l'absence de certains vocables.

« À vos marques, prêts ...vendez ! ».

« Est-ce qu'ils n'auraient pas oublié de mentionner « amusez-vous, développez-vous » ou quelque chose qui ressemble de près ou de loin ...à la vie ? à la vie normale de tous les salariés de moins de trente ans présents dans l'*open space* ? ». Eh, non, je suis dans un tel état d'euphorie que je serais incapable de distinguer le charmant sourire de Bradley Cooper d'un rictus baveux de chameau.

- Un, deux, trois... oui chef !

J'aurais même pu exagérer. Ils auraient toutefois aimé. Dans un contexte « normal » de recrutement, « en faire trop » risque d'être contreproductif, de nous desservir et de paraitre comme *fake*.

La réponse me parvient après multiples échanges. Ma candidature est retenue. Pour finir, je suis embauchée chez Click Your Perfect Trip.

Dans le département ressources humaines il y a des exécutants qui prêchent et psalmodient une séries de règles ...et qui n'écoutent pas. « Humaines » ? Elle est une option peut être payante comme pour les sourires quand tu voyages sur Ryan Air.

En fait il s'agit de machines. Des sortes de serveurs vocaux interactifs. Oui, ils existent bien, mais ils ne font qu'appliquer un programme.

« *Hello...*, *thank you...*, *yes...*, *indeed...* ». Enfin, je me décide à annoncer que je suis prête à signer le contrat et tout se passe bien. Comme dans une machine à sous virtuelle, ces quelques mots suffisent pour que toutes les pièces se décoincent et tombent en un fracas retentissant.

Je fais partie de la « famille » Click Your Perfect Trip !

J'ai décroché le job ! J'ai même assuré tous les entretiens en affichant mes boucles d'oreilles en argent, modèle identique d'il y a dix ans (et que *dixit* la recruteuse ne « faisaient pas ….très…chic » dans le monde du travail. Peut-être elle voulait dire mais elle ne m'a jamais avoué)!

J'ai envie de me réconcilier avec ce pays, ses habitants, sa culture.

Toutefois, sans céder à l'exagération : le matin, je n'aurai pas de porridge au petit déjeuner, ni n'ajouterai du lait froid dans mon café. Mais au diable la pluie et le poisson pané ! On peut bien tolérer d'avoir les cheveux collés après un *brushing* et ne pas avoir le choix dans le rayon poisson. Franchement il y a pire.

Chance. Du soleil à l'affiche pour le premier jour de travail. Mes cheveux sont lisses et soyeux, repris en chignon (oui, Madame la recruteuse, c'est chic même avec une paire de boucles d'oreilles en cercle). Je me décide pour un ensemble débardeur-pantalon aux couleurs sobres. Encore une fois, il faut « mettre le paquet » sur la motivation, l'envie de compétition, les objectifs. Même en mode habillée- en - serpillière. Je reste italienne. Si j'endosse une serpillière elle sera brodée, griffée, en soie.

Je persiste. Je suis aveugle et aveuglée par l'excitation. Ils ont dû vaporiser des molécules d'addiction au travail qui nous attendent sans que je m'en rende compte. Etranges effluves. Inodores, incolores au packaging masqué.

J'arrive au même temps que d'autres compagnons d'aventure. Jeunes femmes, jeunes hommes, surdiplômés, sous diplômés, avec boucles d'oreilles, avec piercing, parlant plusieurs langues, en quête d'un travail, du travail, d'une vie meilleure.

Tout est minuté, préparé, répondant à une structure et à un contenu bien précis dicté par le siège aux Etats Unis.

Ouf tout va bien : toutes les cases ont bien été cochées et la personne en charge de l'organisation aura bien coché la case validant que tout le monde a bien coché les cases. Mes enfants empilent très bien Lego et briques sans se prendre la tête …

« Avez-vous des questions ? Tout paraît clair ? Êtes-vous prêts à écraser les objectifs ? Êtes-vous prêts à montrer votre motivation et en faire votre arme de compétition au jour le jour ? ». Pendant le meeting de présentation, Dave, le manager, pose ce genre de questions avec des tonnes d'entrain positif. Il s'adresse aux nouveaux candidats avec une intonation offensive. Comme s'il voulait désagréger les objets qui l'entourent pour mieux se faire comprendre. Dommage qu'il ne soit pas dans l'habitude et la culture de gesticuler pour exprimer quelque chose. Un italien serait parfait dans ce rôle.

Il raffole des termes militaires. Il répète deux fois la même phrase et la même question. Parfois, on est tenté de répondre haut et fort « oui, chef ! ».

Mais le terme utilisé le plus souvent est « argent ». Il veut nous faire vibrer …plutôt baver. Personne n'ose ciller, ni s'éclaircir la voix. Un silence dense d'espoirs et promesses s'est installé. On se voit peut être au volant d'une flamboyante voiture sportive grâce à ce job. Ha. Ha.

Il s'agit de candidats recrutés à l'étranger : Italie, France, Espagne, Portugal, Grèce, Pologne, Turquie, tous les pays sauf les Amériques et l'Asie. Mis à part une dizaine d'anglais, tous les cinquante autres ont fait un voyage aller-simple en quittant famille, amis, repères.

Pendant le meeting, les regards sont attentifs, contractés, les attitudes loin d'être spontanées. Plus que de penser aux ratios de performance, chacun calcule sa paye fixe, sa commission et son bonus potentiels pour payer le loyer dans une colocation à Oxford. Si le calcul ne tient pas, c'est le billet aller-simple, cette fois dans le sens inverse. Dans un bus ou dans un train. Dans un vol low-cost car la voiture sportive restera toujours en expo chez le concessionnaire.

« Nous faisons une pause et ensuite, chacun de vous fera un point avec son propre *team leader* ». Avec cette confiance en lui presque exagérée, notre responsable nous concède une pause.

Pendant ce temps, je décline mes priorités : où est-ce que je vais m'asseoir, où se trouve la machine à café, qui est qui et qui fait quoi.

Le premier jour, il est très important de ne pas faire de gaffes grossières. Même après plusieurs mois, tout le monde va te ressortir « tu avais compris que Jacques était Paul et que Pierre était embauché pour s'occuper de Jacques qui allait se faire lourder ? … ». Résultat : les gens se sont moqués de toi pendant six mois. Jamais, nulle part, je n'ai rencontré quelqu'un de suffisamment franc et direct pour me dire comment les choses se passent vraiment. N'importe quelle entreprise veut faire croire que ton poste de travail est un manège d'Euro Disney. Le premier jour. Après les méchants arrivent.

D'accord, je suis dans l'extase mais je suis encore consciente. Il n'y a ni Bradley Cooper en train de sourire, ni de lama qui me crache au visage. Oui, je suis lucide.

Je décide, donc, de faire à ma manière. J'utilise la pause pour me diriger d'un pas-Robocop vers la machine à café. Le déplacement sincère et solide montre que je suis prête pour la rivalité. Siroter une boisson chaude en papotant avec quelqu'un démontre, en revanche, que je ne veux aucunement écraser mes collègues mais néanmoins concurrents.

Il y a là un jeune garçon recruté comme moi pour s'occuper du marché français. Il vient juste d'arriver en Angleterre et il boit comme moi un café noir sans sucre. Cela me rassure.

« Le distributeur de boissons est aussi celui des snacks sucrés et salés, tu savais ? Tout est gratuit dedans, c'est génial, la salle de sport est conventionnée, le bus qui nous conduit ici également... », s'exclame-t-il avec un large sourire.

« En effet, j'ai remarqué. », je souris en retour.

J'ai passé allègrement la quarantaine et je ne peux accueillir la nouvelle avec la même dose d'engouement que mon collègue Maxime.

Le café. Oui, cela m'arrange. Je fais un rapide calcul. L'entreprise m'offre deux cents livres sterling par an d'équivalent en café. Si j'estime qu'un café d'un distributeur d'entreprise pourrait coûter cinquante centimes et que j'en consomme deux par jour. D'accord, si on veut, merci. Pour le reste : je viens en voiture car je dois accompagner les enfants à l'école et à la garderie. Je ne pourrai profiter de la salle de gym car j'habite loin d'Oxford. Je préfère éviter durant la journée les snacks sucrés ou salés soient-ils. Donc, globalement, de tout ça, de ce pseudo-cadeau …personnellement, je m'en cogne.

« Tiens, je vais prendre une barre chocolatée et un autre café ». Au moment où Maxime décide de se faire plaisir au distributeur, je lève les yeux vers un écran géant sur lequel sont affichés les horaires des bus, les dernières informations sur l'entreprise, un lien utile sponsorisé par les Ressources Humaines qui donne des conseils nutritionnels.

« Buvez de l'eau, consommez cinq fruits et légumes par jour, faites au moins trente minutes d'activité physique par jour ». Curieux. Juste à quatre mètres de l'écran géant, il y a un distributeur d'aliments. Je ne vois pas l'ombre d'une carotte ni d'un *smoothie*.

« Tous les jours, il y a une livraison de fruits frais ». Entre-temps notre *team leader* nous a rejoint à la machine à café. Je ne sais pas s'il est là parce qu'il a réellement envie d'un café ou parce qu'en fin éclaireur, il essaie de tester nos premières impressions. Il sélectionne un café espresso histoire de passer le message « mon café va durer à peine quinze secondes, cela fait plus d'un quart d'heure que vous êtes en pause, c'est l'heure de rentrer ».

Il est de nationalité espagnole. Il attend avant de prendre la parole, il est très calme d'apparence. En ce moment, visiblement, Dave a dû lui rappeler qu'il doit encore cocher toutes les cases et ça va être bientôt la pause déjeuner.

- Petits mensonges entre amis

Les premières journées dites d'intégration se passent dans la bonne humeur, dans l'envie de partager avec les nouvelles recrues une expérience dans une entreprise à l'envergure internationale, de faire connaissance, de réellement se challenger avec le désir de bien faire. Encore le manège Disney qui opère.

Je ne ressens personnellement aucun stress, aucune pression. L'ambiance de travail créée par les autres collègues est en apparence paisible et gratifiante. Personne ne râle. Personne ne se plaint de quoi que ce soit. Pure illusion. Pure magie …encore Disney, sans la barbe-à-papa.

Je descends du manège. Je prends une décision étant donné que je ne suis ni invitée, accompagnée, stimulée ou obligée à faire quoi que ce soit. Le parcours d'intégration est probablement terminé. Le département en charge n'a pas encore préparé une série de cases à cocher pour prévoir ce que le candidat doit faire/ne pas faire après le premier lavage du cerveau.

Je m'assois à côté d'autres collègues parfois français, parfois italiens et écoute, observe le moindre geste et attitude. Vais-je trouver LA faille dans cet engrenage ?

Il n'y en a pas une. Il y en a plusieurs. Au bout de deux semaines de présence, je m'aperçois qu'une ou deux personnes que j'avais croisées à la machine à café sont remerciées. Le lendemain, le *team leader* nous demande à Maxime et moi de démarrer les premiers appels.

Le manège est irrémédiablement en panne. Blanche Neige a perdu tous les nains et la Belle-au-bois-dormant souffre d'insomnie.

Dave et Carlos nous déclinent les indicateurs clés de performance individuelle. Pas d'équipe. Chacun pour soi. Une méthode très raffinée pour te prévenir qu'à longueur de journée, tu es épié, contrôlé, suivi, inspecté, examiné, pisté, traqué.

C'est parti avec les appels.

Et avec le traçage : nombre d'appels par heure, par jour, durée de conversation et son pourcentage sur le temps de présence au bureau, nombre de « *leads* touchés », c'est à dire de personnes qui peuvent prendre la décision d'acheter notre solution et taux de conversion (vente effectuées versus *decision makers*), chiffre d'affaires moyen réalisé par vente. La machine est en route. Un vrai rouleau compresseur.

Il ne s'agit pas uniquement de « produire » ici et maintenant. Il faut savoir se projeter dans la production à venir et suivre son *pipeline* d'opportunités transformables en ventes. Cela sépare un bon vendeur d'un mauvais vendeur.

« T'as fait combien d'appels ? ». Se renseigne Maxime en milieu de matinée non sans une pointe d'appréhension.

« Tu as réussi à faire des ventes aujourd'hui ? ». « J'ai laissé un message sur répondeur, j'ai envoyé deux emails, j'ai essayé de joindre ce client six fois dans la journée », se plaint-il, « d'abord, il m'a dit d'être d'accord pour acheter notre solution et maintenant, il est injoignable ».

« Le client dit oui et dès que je dois prendre les coordonnées de sa carte bancaire par téléphone, il n'est plus d'accord ». Les doutes dans le traitement des demandes des clients se succèdent. Notre pain quotidien ? Traiter les objections du client face à notre solution publicitaire. Elle est « trop ou pas assez ».

« Vous êtes trop chers », « la concurrence est plus visible que vous », « je ne veux rien payer », « vous détruisez mon commerce avec votre porte ouverte aux commentaires de la part du voyageur », « votre solution ne me rapporte rien de plus ».

La liste est longue mais pas aussi compliquée. Le client se rend compte qu'il est obligé de se plier aux diktats de quelques marques internet pour exister et pour se démarquer de la concurrence.

Nous sommes dans des espèces de ruches et chaque abeille ouvrière doit livrer du bon miel en fin de journée. Chaque ruche a en dotation un plan de travail sur lequel sont posés un écran d'ordinateur, un clavier, un combiné téléphonique à touches pour appels sortants et entrants. Il s'agit de ton magasin à la différence qu'aucun client ne peut te voir et qu'aucun client ne peut rentrer. C'est à toi de « rentrer » chez eux.

- Cinq bulles ? Alors on part !

Cette art particulier d'harceler les gens au quotidien et même plusieurs fois dans la journée se prénomme « vente », ou d'une façon plus sexy, plus « vendeuse », *indeed*, « marketing téléphonique » ou, pour embrouiller les pistes, *télémarketing*.

Pas possible de passer au travers. Même ma mère a raccroché à plusieurs de ces robots - magiciens. Soit on a subi, soit on a fait subir une tentative bien orchestrée ou maladroite de vente par téléphone.

La machine à sous pour laquelle je travaille excelle dans l'art de pousser l'interlocuteur / sujet / client dans ses retranchements. Non pas parce que les as mondiaux de la vente se sont donnés rendez-vous à Oxford. Ces vendeurs savent que, soit ils délivrent (avec ou sans forceps, c'est qui compte est le résultat) soit ils « crèvent ». Oui, d'une façon figurée, ils sont virés avec la panoplie qui accompagne la sortie « *thank you, sorry, bye bye* ». Impeccable. Toutes les cases sont cochées.

L'excellence va avec les résultats. L'excellence signifie que très professionnellement et techniquement, le client à appeler se prénomme *lead,* sous-entendu qu'il faut donc suivre… et nourrir cette touche. Imaginez quelqu'un d'obsessionnel. J'aurais pu également réussir dans le recouvrement, je ne lâcherai pas, je suis une sorte de chienne à truffe.

Faire preuve d'authenticité et faire confiance aux salariés : deux lignes directrices inconnues en Angleterre. Seul le pragmatisme compte. Les salariés et les clients ? Les engrenages d'une machine à sous.

« Vous pourrez vous démarquer de la concurrence et vous obtiendrez davantage de visibilité », je dis cela à l'un des clients en ensorcelant mes propos.

Je vends quelque chose pour que chaque client soit en réalité le clone de son concurrent. Je pose des questions *no brain*. « Est-ce que vous recherchez davantage de visibilité pour votre hôtel ? », « est-ce que vous souhaitez attirer plus de visiteurs sur votre page ? », « est-ce que vous ambitionnez de générer plus de réservations sans payer des commis-

sions ? ». Qui pourrait répondre « non » ?
Les questions sont construites pour obtenir un flux ininterrompu de « oui ». « On
met en place la solution ? ». Le client a du
mal à dire non.

Le management de l'entreprise sous
l'égide de son fondateur part d'un pré
requis : un hôtel, n'importe lequel, DOIT
souscrire à cette solution.

Nous traitons avec les *bed &breakfast*,
les hôtels de petite et moyenne capacité et
ceux qui ne rapportent pas un retour sur
investissement élevé.

Souvent le propriétaire du business est
à la fois dans les cuisines, à l'accueil,
dans les chambres …et avec nous au téléphone.

« Nous parlons de deux cents quatre-
vingt millions de visiteurs par mois, de
plus de cents avis déposés chaque mi-
nute... dans le monde ». Je cite les
chiffres. Je me remplis la bouche de
chiffres qui amadouent et hameçonnent
mon interlocuteur. J'alterne le ton super
pro du haut de ma montagne de chiffres et
une attitude quasi-familière. Une seule
once de snobisme paraîtrait inadéquate
dans le contexte. Je suis au fond de la

Corrèze, le *decision maker* vient de sortir du jardin et il garde encore ses gants pleins de terre. Je ne suis pas en train de négocier avec une chaine d'hôtels de luxe. Je joue la carte de l'empathie. Celle que les anglais ne connaissent pas.

« *Hello…, yes…, I'm the owner of this property… »*. Le domaine se trouve en France mais le propriétaire est anglais. Je me demande comme il a fait pour acheter son *bed&breakfast* et gérer toutes les formalités administratives, pour déclarer son commerce, alors qu'il ne parle pas un mot de français. Et, puisque j'appelle d'Oxford, il considère qu'il faut parler anglais.

« *That's a great idea* ! », il s'enthousiasme après avoir écouté ma proposition. Mieux : il a fait semblant d'avoir écouté ma proposition. En réalité, il cherche une façon pour demander « … et ça coûte combien ? ».

Bien sûr que c'est une super idée. Essayez de dire le contraire au numéro « un » de l'entreprise !

« Ah… oui, mais je vais réfléchir… ». Formule polie de l'anglais pour te dire « non, c'est trop cher». Il reste un robot,

donc, incapable de dire « non » clairement. Il n'accepte pas de payer, même
pour une bonne idée, surtout pas en
France. Justement, il est ici parce que tout
est moins cher. Même les bonnes idées.

Je remporte un certain succès dans les
ventes. Sauf avec les clients anglais. Je
suis toujours à l'affiche dans les tableaux
de performance. Je parle, je vends, je gère
un *pipeline* cohérent grâce au logiciel de
gestion de ventes. Je mange et je bois
aussi. Quand je rentre à la maison, ensuite, je dors. Je suis le produit parfait du
« manifeste » de notre directeur : je
mange, je bois, je dors, je vends, je vends.
Oups, je m'amuse de temps en temps. Je
suis un robot italien.

« Comment ça va ? Ça marche bien
pour toi les ventes... on dirait ». Un collègue d'une autre équipe me complimente
en sondant au même temps mes états
d'âme.

« Ça va, il ne faut jamais lâcher, jamais relâcher la pression et à propos de
pression, je trouve cela un peu exagéré
ici... ». J'essaie d'exprimer cela sans...
exagérer, justement. Mon collègue a besoin de ce travail et il ne peut vraiment
pas lâcher la pression.

Je me sens différente, singulièrement discordante dans cette toile de fond surréaliste.

Soudainement je pense à Jean. Tant pis. Je le pardonne de ne pas savoir changer les ampoules. Je pense de plus en plus à quitter ce travail. Je suis fière de moi. Belle expérience. Mais j'en ai assez d'être traitée comme un robot. Qui peut / doit rester formaté par les critères de la programmation américaine.

Le grand patron s'est rendu dans nos locaux. Il parle et agit sans attendre autre chose qu'une exécution immédiate, parfaite et sans discussion. La notion de partage n'existe pas. La notion même sur laquelle est basé le site. « Partager les expériences de voyage entre internautes » et avec laquelle on nous bassine à longueur de journée. Pas de partage de la vision, pas de communication en toute transparence. Deux types de robots : ceux qui donnent les ordres, ceux qui les exécutent.

J'attendais au moins de connaitre le point de vue d'un visionnaire, d'un entrepreneur qui a cru dans son idée et en a fait des milliards de dollars côtés en bourse.

J'attendais qu'il nous fasse part des indicateurs clés du marché dans lequel nous évoluons, des performances, chiffres et tendances, des projets à venir de l'entreprise.

À peine s'il nous communique les chiffres qu'on peut pourtant trouver sur internet. Parfois les clients au téléphone nous en disent davantage. Les données livrées sont uniquement celles susceptibles d'être exploitées pour vendre plus et pas pour que les employés se sentent impliqués. Bizarre vu que les salariés se mobilisent d'autant plus quand ils savent pourquoi ils le font...

« La prochaine fois que je viendrai, deux tiers des personnes que je vois aujourd'hui ne seront plus là ». Voilà ce qu'il nous dit après avoir aboyé à l'encontre de nos performances jugées catastrophiques.

Il avait raison. Je n'ai pu le voir qu'une seule fois. J'ai quitté l'entreprise avant qu'il ne revienne. Dans les semaines et les mois qui ont suivi mon départ, une procession ininterrompue de départs a suivi.

Personne n'est en cause. Il s'agit d'un modèle. Et ce modèle ne me correspond pas. Je suis individualiste mais je n'écrase pas les autres. J'aime briller en solo mais j'ai appris à travailler en équipe. Ici ? Chacun pour soi. À outrance.

J'ai constaté ailleurs qu'il est possible de recentrer les objectifs. Les rendre plus facilement atteignables pour redonner confiance à chacun.

J'ai constaté ailleurs qu'il est possible de récompenser les réussites en mobilisant les salariés sur des nouvelles missions.

Observé dans les manuels ? Peut-être. À présent, dans cette entreprise-internet, vitrine pour préparer et réserver le voyage parfait, je me sens projeté en arrière. Dans l'agressivité grossière des années '90 avec la nouveauté des années 2000. Une entreprise internet. Clic, clic, clic. Off. Reset. Redémarrage. Clic. Clic.

Des clics dans un monde de voyeurisme où on s'exprime en cochant des cases. Où on choisit de faire/pas faire, acheter/pas acheter en fonction des opinions des autres.

D'une part, on me fait croire que chaque voyage est unique, expérience et résultat de préférences personnelles. Je finis par admettre que je détiens ce privilège. D'autre part, on me demande de construire le voyage parfait en me rapportant à ceux des autres. Et si je voyage dans la « mauvaise semaine », si la météo n'est pas au rendez-vous ou si les enfants sont malades ou les propriétaires des lieux ne sont pas là pour assurer un service et un accueil irréprochables ? Cette perfection s'écroule misérablement.

Je devrais en faire autant pour les chaussures. Mais la formule « trouver chaussure à son pied » ? Est-elle vraiment d'une autre époque ?

Et si on s'amusait à donner des avis sur les performances sexuelles ? Durée de l'ébat : quatre bulles. Fantaisie: trois bulles. Matériel en dotation : deux bulles... boules.

Une langue compliquée

Quand l'envie de travailler te prendra, l'Angleterre tu choisiras. Difficile ne sera pas.

Aussitôt dit, aussitôt fait. Avant l'expérience dans le manège Brexit-Disney j'ai travaillé ailleurs.

« Si je pouvais renouveler ton contrat, je le ferai toute de suite ». La manager responsable de la campagne marketing pour laquelle je travaille me dit cela avec un regard en yeux de cocker. Jemma est grassouillette, elle n'a aucune allure, ni personnalité, ni aucun talent de manager. Je ne l'admire pas, ne lui reproche rien, ne l'exècre pas.

Expérience plus *light* dans une entreprise anglaise en Angleterre. Certes, pas mal de cases à cocher mais pas plus que dans la vie au quotidien.

Oui, je passe des coups de fil à longueur de journée pour essayer de joindre les directeurs informatiques des grandes entreprises. Ça correspond à peu près à chercher une aiguille dans une botte de foin.

Pour m'accrocher à une motivation au quotidien et pour éviter toute frustration, je me dis que c'est un jeu. Et ça marche.

Je « joue » à fixer un rendez-vous physique pour *l'account manager* de l'entreprise qui délivre la solution informatique et qui nous a mandaté dans la recherche de ladite aiguille. Il s'avère que je ne serai pas « couturière » dans une autre vie ou une autre carrière, mais je ne m'en sors pas trop mal dans cette quête aventureuse.

« Tu es une collaboratrice de valeur », ajoute Jemma en croisant les mains autour de sa tasse de café. Je ne suis pas sure qu'il y ait du café dedans, encore une fois il s'agit de cocher une case. Elle croise les jambes au même temps. Elle le fait avec un peu moins d'aisance, car la circonférence des cuisses est au-delà du maximum consenti pour un geste naturel.

Aujourd'hui il pleut. Tout va bien, même le ciel a bien coché sa case. Il y a du vent mais cela ne l'a pas empêchée d'endosser des chaussures en cuir vernis beige à hauts talons. *De gustibus non est disputandum.* Peut-être que j'aurais choisi cela à l'occasion d'un mariage ou à un cocktail à la sortie de la messe après un mariage. Pourtant les IT girls me diraient que « le vernis » est dans les *must have* de cette année. Dans tous les cas, ce n'est pas le vernis, ce sont les hauts talons et le poids qu'ils doivent soutenir et déplacer qui posent problème.

« Peux-tu me suivre dans la salle de réunion, s'il te plait ? », demande-t-elle à brûle-pourpoint gardant la vitesse minima consentie dans les couloirs (c'est FAUX, c'est un *open space* !) et par ses talons. Elle secoue mollement la tête en signe de « bonjour » envers une collègue.

Ce geste demeure intraduisible. Je vis toujours dans la conviction que cela ne signifie pas véritablement « bonjour » car :

1 - elle ne peut pas faire de geste étant donné qu'elle garde une tasse dans une main et dans l'autre un cahier (blanc, j'en suis sure, elle revient du cabinet qui contient les fournitures bureautiques) ;

2 - elle vient juste de me demander de la suivre donc c'est improbable qu'elle s'arrête pour papoter (« de la pluie et de la pluie », ici l'expression « de la pluie et du beau temps » n'est pas utilisée) avec une collègue.

Je présume que bouger ainsi sa tête équivaut plutôt à un « arrêtez de regarder et dégagez car j'ai la tasse de café qui me brule la main ». J'en déduis au moins que la tasse de café n'est pas une mise en scène et je demande avec brusque audace : « j'ai envie d'un café, tu peux m'attendre ? ». Je me sens en confiance. Un moment de partage avec mon manager... à part les chaussures.

« Tu es une collaboratrice de valeur, tu as eu des résultats inespérés dans la dernière campagne, tout le monde est satisfait ». Cela, en anglais - et peu importe la contée du royaume - signifie : « nous n'avons plus besoin de toi, dégage », et, les mains croisées autour de la tasse, « j'ai envie de terminer mon café, donc, surtout, ne pose pas des questions ».

C'est une langue compliquée. Non pas pour ce qui est dit mais pour tout ce qui n'est pas dit.

Bouffée d'oxygène

Je fais un rêve en ce moment. Je cours, essoufflée, les pieds lourds, trop habillée mais je ne transpire pas, je suis juste plus épaisse et dense. Je n'ai pas mes lunettes ni mes lentilles et je vois très bien, donc je devrais savoir que c'est un rêve.

Même après l'intervention au laser il y a dix ans, le défaut de la myopie n'a pas été totalement corrigé. Mais non, je crois que c'est réel. Et plus je cours, plus le couloir se rétrécit.

Quand je ralentis, je suis haletante et la couette est enroulée autour de ma taille en une étreinte meurtrière. Je tâtonne pour récupérer le réveil et c'est l'heure de se lever. J'ai besoin de vacances, de lumière, de chaleur, de temps choisi et non pas imposé, décliné par demi-heure toute la sainte journée, exigé par un *process* quelconque.

Cette parenthèse en Angleterre doit s'arrêter et, dans l'attente, je crée inévitablement une autre attente : celle des vacances. Avec les trois enfants, bien sûr. Si je veux profiter des vacances et éviter de partir avec un boulet de plus (telle qu'une belle-mère par exemple), je choisi un Club de vacances all-inclusive, *packagé* de A à Z, sourires et salutations à longueur de journée comprises.

Je corrige. Je suis le choix de Jean, mon mari, plutôt. Je m'oblige à me dire que « c'est super » pour ne pas avoir l'impression d'y être obligée. Moi aussi je suis dans un package : épilation intégrale (sourcils à part), sourires et bonheur affichés en permanence. Certes, il y a pire comme choix imposé. Mais quand même.

J'ai envie de légèreté, de liberté, d'insouciance (avec zéro gramme d'alcool dans le sang évidemment). J'ai envie d'être dans un état contraire à celui de mes rêves la nuit. En apesanteur.

Or, pour partir en vacances dans un complexe 5 étoiles grand luxe, ou dans un camping ou encore dans le fameux Club tout compris avec trois mômes (dont deux encore avec le poker magique couches - biberons - doudou - tétine) il faut être prêts à réviser chaque détail de la loi de gravité. Légèreté et insouciance ne font pas bon ménage dès l'arrivée à l'aéroport. Si je suis légère, cela signifie que j'oublie une pièce du puzzle. Par exemple le sac avec le lait, la sacoche *simil-fashion*. Elle a des paillettes pour faire croire aux autres parents que, même s'elle est remplie de couches, lingettes, compotes écrasées, snacks émiettés, doudou humide, on garde encore un mirage de glamour.

Si je suis insouciante, l'immanquable conséquence est la perte d'un doudou et de toute la bave qui va avec.

J'ai, donc, un minimum de neuf heures d'état aux antipodes du détachement.

Jean a tendance à croire que quand nous partons en vacances, par miracle deux mains supplémentaires poussent au bout de mes bras. Que je deviens par magie Elastique Girl et que je peux, donc, ramasser deux tétines, deux doudous, surveiller Augustin qui escalade le chariot de déchets et César qui s'improvise serpillière humaine en se roulant par terre. Tout cela en même temps.

Et surprendre la poussette (de César ou d'Augustin ?) avec doudou et tétine à l'intérieur mais sans le biberon transforme facilement un moment de détente-c'est-les-vacances chez l'espace *duty free*, en une parenthèse d'affolement garanti.

D'ailleurs les deux objets sont susceptibles d'être interceptés lors des contrôles de sécurité à l'aéroport, surtout si le dou-dou est bien dodu. Les douaniers ne pensent pas à la bave qui l'a si joliment rembourré...

Soudainement, je suis inquiète et d'autant plus agitée de ne pas retrouver César. Le doudou allongé avec le cou tordu dans la poussette me fournit sans l'ombre d'un doute un indice.

Ma turbulence intérieure est causée par Jean, plutôt. Oui. Il se déplace mollement dans un calme olympien, à pas contrôlés avec assurance et quiétude comme s'il étudiait le degré d'inclinaison du *green* avant de *gripper* son *putt*. Comme s'il savait où trouver son enfant.

« Arrête de paniquer », m'ordonne-t-il, presque gêné par mes gestes alarmés. « Calme toi, s'alarmer ne t'aidera pas à retrouver César, ne perds pas la tête, on est en vacances », ajoute-t-il, cette fois ouvertement agacé par ma conduite.

Cette attitude me trouble davantage au lieu de m'apaiser et je repars en accélérant les pas de manière saccadée, puis en faisant des stops - peut-être - il - est - ici - mon -petit-loulou (je ne l'appelle jamais comme ça mais « loulou » est très répandu dans la communauté « mamans »). Je me remémore que je suis en mode « c'est-les-vacances ».

Toutefois, cela ne m'a aucunement aidé à écarter définitivement l'éventualité d'égarer l'un de mes enfants.

Finalement César refait surface dans l'un des couloirs du rayon parfumerie à hauteur de ses quatre-vingt-douze centimètres et en mode balançoire sourire charmeur/je-ne-comprends-pas-pourquoi-tu-me-regardes-avec-les-sourcils-crispés.

« Tu vois ? Il n'y avait pas raison de se tracasser ! Tout va bien », me tranquillise Jean.

J'ai une envie implacable de lui rétorquer avec une pince acide d'ironie « oui, c'est les vacances », mais je préfère plus sagement écouter le conseil avisé de mon intérieur et botter en touche.

Je me tais avec un sourire en coin. C'est plus fort que moi. Je donne la main à César d'un côté et de l'autre je pousse la poussette (le doudou a besoin de ma présence) pour m'empêcher de broyer tout objet ne ressemblant pas à une main potelée.

Dommage. Pas de nouvelles de la troisième main ni de mes pouvoirs d'ubiquité ou d'élasticité. Pour les yeux ça va : j'en ai quatre. Malheureusement, une erreur de fabrication les a tous placés sur le devant. Mais deux sont de marque Gucci, jolis et d'une rare couleur mauve.

Grâce à cet événement, le temps est passé. Je suis protagoniste, je ne subis pas.

Notre vol est annoncé sans retard aucun. Ouf, pas de stress supplémentaire. Mise à part la veinarde coïncidence d'une couche malodorante concoctée par Augustin juste au *boarding gate*.

Dans la queue les passagers se regardent, s'étudient, se guettent. Ils profitent de ne pas laisser remarquer leur insistance dans l'examen minutieux de leur voisin grâce à la file qui tourne. Cela permets de se retrouver à la fois devant, derrière, à gauche ou à droite de la même personne. Assurément fascinant quand on pense que tout cela n'est pas possible dans un ascenseur.

Comme ça il y a un passager qui peut repérer le changement soudain de position effectué par un adulte et un enfant. Et je me retrouve dans une situation improbable en train d'essayer d'attraper une couche propre et le paquet de lingettes tout en gardant fermement la main de César qui veut s'échapper. Cette fois, je m'en fous qu'elle soit dodue et reliée à un mignon petit être de quatre-vingts douze centimètres. Je la triture un peu et je fais semblant de ne pas entendre le début de ses lamentations.

Oui, Elastique Girl est en action. D'autres passagers s'en fichent royalement d'Elastique Girl, des couches et des mains broyées. En plus des obsessions, j'ai des manies de persécution paranoïaque.

D'autres passagers, en revanche, nous repèrent en spéculant autour de la vie au quotidien avec des jumeaux. Sentiments et opinions divergents et partagés. Quel bonheur, quelle chance, quelle galère, quelle malédiction pour les parents et pour les enfants, c'est selon.

Il y en a qui se demandent comment ça aurait été pour eux en tant que parent ou en tant que frère ou sœur une telle situation de « double ». Ils s'extasient devant cette curieuse manœuvre de la nature ou de la clinique qui a prodigué la FIV. Histoire de quelques instants dans la queue de cet immense « ascenseur » qui est le *boarding gate*.

Combien utilise-t-on des couches dans les six premiers mois ? Environ trois mille. « Wow », si jamais un chef de produit marketing a croisé des jumeaux durant l'embarquement, il a du se frotter les mains en pensant à son avenir assuré grâce à la montée en flèche du chiffres d'affaires.

Aaaah c'est les vacances ! Nous sommes dans l'avion. Je ferais mieux de dire : nous sommes dans l'avion après avoir plié les deux poussettes devant la porte de la cabine de l'appareil. Après avoir montré les cartes d'embarquement. Après avoir recueilli une tétine et un doudou par terre.

Après avoir consolé César, avoir presque arraché un bras à Augustin pour qu'il avance tout seul. Après avoir demandé pardon en deux ou trois langues à quatre différentes personnes pour un pied écrasé, une sacoche poussée, une épaule touchée. Et après avoir dit cinq fois merci pour avoir fait déplacer, lever, changer, inverser, décaler de siège à différents passagers.

Je suis assise, je sens la transpiration, un gros sac sur mes genoux empêche tout mouvement. Brusquement le cris aigu de César me perce le tympan et me rappelle que je dois ouvrir le sac et « déclencher les hostilités ».

Le sac contient tout ce qu'une maman (imagine) prévoir pour un voyage en avion avec ses enfants : couches, lingettes, biberon de lait, biberon d'eau, compote, crackers, biscuits, vache qui rit, tétine de réserve en cas de malheureuse perte, tee-shirt et cardigan de rechange (au cas où), petits livres. Tout est dans un état simili-écrasé vu que tous les sacs ont fait l'objet des contrôles de sécurité, mais c'est le geste qui compte. Non, les enfants ne savent pas lire du tout à trois ans, mais peut-être que Jean sera pour une fois papa-gâteau et lira une comptine à ses enfants ?? L'avenir nous le dira.

Je découvre avec horreur que le sac-qui-doit/peut-me-sauver dans ces situations contient trois tomes volumineux. Ils appartiennent à *machoman*. C'est Jean.

Jean lit toujours beaucoup pendant les vacances... et a besoin de beaucoup d'espace dans mon sac pour caser ses compagnons de voyage. Jean ne s'énerve pas, ne s'affole pas, il tourne les pages de son livre en plein concours de zenitude.

Chacun décide de gérer le poids de sa valise avec objets et choses qui le caractérisent : Jean pars avec une raquette de tennis et des livres en distribuant le poids supplémentaire dans mon sac. Il doit renoncer à contrecœur au charriot de golf. Il représente une contrainte en tant que charriot... même sans tétine et doudou.

Mon option : des vêtements-chaussures et un livre (pas sûre de le terminer). Marius, le grand frère, quant à lui, part, tout simplement, avec ses neuf ans et son brevet d'insouciance dans la poche.

Je voudrais avoir un centième de son insouciance. Pour moi, hélas, l'Angleterre est là, même pendant les vacances. Les Anglais ne sont pas accompagnés par les moutons, mais je les reconnais facilement en vacances. Ce sont les signes distinctifs qui m'indiquent leur présence en dehors de leur mère patrie. Cartons de bière dans les charriots des supermarchés. Bouteilles de bière vides dans les poubelles. Haleine de bière sur la plage. D'autres indices ? Peaux tatouées mais néanmoins rougies

par le soleil. Le triptyque incontournable :
tee-shirt-short-tongs.

Robocop & co.

Nous rentrons de vacances. Et la pluie nous attend. En prime des contrôles renforcés à l'aéroport, prélude d'un Brexit annoncé. Un camion renversé sur la M40 génère un embouteillage digne d'une mégalopole du sud-est asiatique et nous gâche l'état de relaxation produit par la semaine au Maroc.

Pour le voyage suivant, je décide d'opter pour le train.

Que quarante-trois minutes de voyage. Pourtant on apprend tellement durant ce bref trajet Didcot / Londres-Paddington.

Quand j'arrive à m'asseoir dans une rame, je crois côtoyer soixante passagers. Il s'agit en réalité de soixante personnes plus soixante laptops et soixante téléphones portables. Tous en état de fonctionnement. Les laptops et les téléphones, j'entends. Eux, les êtres humains sont éteints. Pas mal de passagers sont « hors service » totalement aliénés à leur machines. Le laptop est allumé et branché sur la dernière *slide* de la présentation PowerPoint comme si on ne pouvait pas rester plus de dix minutes sans rien faire.

Il faut dire que le paysage n'offre que peu de tentations !

Il y a vingt ans, le temps passé dans le *commuting* était du temps perdu, non investi, non profitable. Maintenant on change de chaise : on passe du fauteuil du train/bus/avion à celui du bureau en mode travail-non-stop.

Dans mon cas, aujourd'hui, je dois rejoindre l'aéroport. Destination : Italie. Je paie un billet de train (cher) pour rester debout dans un couloir où il n'y a même pas un strapontin. Si je n'ai pas une place réservée, peu de chance d'en trouver une dans les *peak hours*-trains à destination de Londres.

Personne ne regarde personne. Tout est aseptisé. J'ai l'impression d'être kidnappée par cette aliénation pasteurisée. On dirait que je suis obligée de faire semblant de travailler. Je ne peux pas rester dans le train et regarder par la fenêtre ou converser avec mon voisin.

« Et si j'avais des robots à côté de moi ? », je m'interpelle en un ictus de lucidité presque en sursaut. Au lieu d'observer, je suis observée en tant que représentant d'une espèce en voie d'extinction.

Mon voisin de siège n'est pas un robot : il vient de se mettre un doigt dans le nez, de bailler et je sens son haleine fraiche (??) de dentifrice et, en plus, il a un tatouage sur l'avant-bras. « Est-il possible de faire un tatouage sur une peau de robot ? », la question me préoccupe et je n'arrive pas à enlever mes yeux de son bras.

Les deux autres êtres dans les sièges adjacents somnolent mais ils n'émettent aucun bruit. J'émets deux hypothèses : soit les batteries sont déchargées, soit le centre de contrôle ne les a pas encore activées.

Je viens de terminer mon *cappuccino*. Il sort d'une machine gourmande en pièces à l'effigie d'une certaine Elizabeth II.

Une envie soudaine, je lève le regard mais les toilettes sont occupées. Le signal lumineux m'indique de ne pas bouger en attendant qu'il change de couleur.

Un robot doit surement recharger ses batteries car dix minutes après, les toilettes sont toujours occupées.

Les maisons qui parsèment la campagne traversée par le train : on les dirait sorties d'un dessein d'un garçon de cinq ans. Basiques, des briques partout, des fenêtres à carreaux positionnées symétriquement et au milieu une porte colorée, minuscule. Les robots auraient-ils une taille inférieure à la moyenne générale pour justifier un tel choix de construction ? Reste à vérifier.

Aucune personnalité. Je peux être aussi ailleurs. Pas en Italie car le train aurait été arrêté plusieurs fois et il y aurait du bruit. Chez nous, il n'y a pas des robots avec option « mode silencieux ». Les automates version péninsule méditerranéenne n'existent tout simplement pas.

J'arrive à Langley. Ensuite Yver. Je lis sur les panneaux d'une gare fantôme. Une sorte de deuxième agglomération londonienne, briques rouges, fenêtres à carreaux, buildings anonymes, dortoirs sans âme, réceptacles d'allocations et d'aide de l'état, tags sur les murs.

Je peux vraiment être ailleurs. Un terrain de golf, oasis perdue au milieu d'une autre série de buildings en briques amoncelés parallèles à la voie ferrée, et perpendiculaires à mon trajet. On peut se croire dans le Nord de la France... sans les portes colorées.

Des travaux, d'autres maisons en construction avec vue imprenable sur le chemin de fer. Quand il s'agit de logements sociaux, peu importe le parti politique ou le pays : tout est cloné. Et si on peut, on essaye de faire moche, de mal les placer. Comme ça, on attire le moins de monde possible.

J'ai l'impression d'être une poule. Mais pas celles élevées en plein air. D'ici peu la batterie de volailles va devenir de plus en plus opprimante et bruyante. J'approche de la gare de Londres-Paddington.

Les machines sont désormais réveillées ou plutôt tous leurs accessoires (oubliez les sacs et les lunettes de soleil) sont en mode sonnerie. Ils savent qu'elles ne peuvent pas mettre le son mais avec tous les vibreurs il y a, toutefois, du bruit.

Encore des villages dortoirs à coté de Londres. Déprimant. Mais c'est la *vita*, pas *dolce*. Que des buildings pour que les mots *pounds*, *invoice* restent en vie. *Work hard, play hard*, le *motto* des anglais. Mais quand *play*-t-ils ?

Je m'approche de la bouche du métro. Pour le moment, je ne vois personne grignoter ou boire.

Ce n'est pas l'heure. Vers 10 heures, les robots redémarrent avec un snack pour recharger les batteries ou évacuer le stress de ne pas avoir mangé depuis désormais trois heures.

Une élite de robots monte dans la rame de métro. On dirait une élite, des gardes du corps ou quelque chose liée à la sécurité car ils portent tous une oreillette. Personne ne regarde l'autre. Les yeux sont rivés sur les portables ou les tablettes. Quelqu'un feuillette un magazine gratuit. Personne avec un livre... encre et papier. Comme s'ils avaient généré une allergie.

Tout le monde peut se mettre à l'abri dans un autre monde où la communication répond à d'autres impératifs. On revient dans le monde de la rame dès qu'un ordre est donné : *mind the gap*.

Le robot-maitre veille sur notre sécurité.

Deux personnes envoient simultanément un texto. Peut-être qu'ils se l'envoient l'un à l'autre. C'est tellement plus connecté comme ça ! On ne se touche pas. On ne se regarde pas et si vous avez une erreur de programmation, vous sortez un « *I'm sorry* » et tout rentre dans l'ordre.

L'impossibilité d'une île

« Tu comprends ? », j'interroge Jean sur le bilan de notre expérience anglaise après deux années de présence. En posant la question en toute naïveté.

J'ai un doute quant à ma vraie pensée. Au fond de moi-même, je ressasse la même question. Pourquoi n'y a-t-il pas eu une autre proposition le jour où nous avons dit oui à l'entreprise ? Ou une jambe cassée ? Enfin, un événement responsable d'un changement majeur qui aurait pu nous faire dire : « ah, non, pas l'Angleterre, pas possible pour nous de partir en ce moment ».

Au contraire, je considère, dès notre arrivée, que la mutation est intervenue vraiment au meilleur moment pour nous et pour les enfants. Ne sachant pas encore que l'Angleterre - en tous cas la Thames Valley - n'allait pas être ma tasse de thé (avec ou sans lait).

Je suis dans ma balançoire émotionnelle dans une acrobatie aérienne haute et positive. Ça vaut la peine de goûter le thé avec du lait (froid de surcroit) à toute heure de la journée.

Je n'ai pas peur de narguer les bizarreries de la météo : un manteau de plus suffit.

Je suis désireuse de vouloir peaufiner mon anglais, enrichir mon vocabulaire et connaitre les expressions du quotidien. Je m'inscris à des cours à l'université pour *non anglais.*

Je me lance dans l'aventure du barbecue préparé à l'extérieur et consommé à l'intérieur en se servant des tranches d'agneau tartinées de *jelly* à la menthe et en sirotant du *Pimm's.* Oui, promis, je vais survivre, mais cela va être ardu.

Je l'admets : je grelote, j'ai les pieds gelés dans mes sandales d'été. Je considère qu'à la fin du mois d'août, on peut encore se permettre des chaussures sans avoir besoin de chaussettes. Non, pas pour une italienne qui s'aventure dans la Thames Valley.

En effet, nous sommes à l'extérieur, dans le jardin, les enfants jouent en criant autour de nous. Je suis euphorique (merci le *Pimm's*) car ma première expérience par 12°C à l'extérieur se révèle être un succès : je survie à l'extérieur …et entourée d'Anglais.

Nous avons été invités par des voisins qui habitent à quelques mètres de chez nous. Le tout juste quelques jours après notre installation dans une maison en location. J'estime que notre présence en Angleterre est déjà une prouesse.

Si l'Angleterre était un garçon et si j'avais quinze ans... je dirais que je suis charmée.

« Quelle chance nous avons ! », dis-je en enlaçant Jean, « je suis vraiment emballée, je me sens, disons, en harmonie avec cet environnement ! », j'amplifie au comble de la joie.

J'ai comme l'impression de pouvoir mettre de côté cet espèce de complexe d'infériorité que je ressens en tant qu'italienne. Comme si j'étais dans l'obligation d'assumer seule le pourcentage de chômage et le déficit public en croissance exponentielle depuis un nombre incalculable d'années dans mon pays ! Comme si j'étais le produit et le représentant à l'étranger d'un échec national.

« Je suis vraiment à l'aise », j'insiste en exagérant le jugement basé juste sur

quelques gestes et quelques heures parta-
gées avec nos voisins.

Nous rentrons chez nous. Je suis un
peu pompette mais quelle merveille
(« c'est formidable » dira ma belle-mère
juste le lendemain) ! Nous partageons des
moments de vie au quotidien avec les
Anglais. Fini les clichés. La perfide Al-
bion a définitivement pris sa retraite.

Le nom de la... sauce

Je suis sous les effets de l'alcool, pas loin d'avoir digéré la *jelly* à la menthe mais toutes les extrémités de mon corps ont été atteintes par l'humidité du soir. Résultat : dans les prochaines 48 heures, un rhume sera bel et bien prêt pour mon nez sensible.

Peut-être que je suis repassée en phase plutôt négative.

L'ingestion de la *jelly* à la menthe n'a pas laissé de séquelles, en tous cas pas physiques. Je me sens, néanmoins, étrangère à la manière qu'ont les anglais d'exprimer leur « *inglesitude* ».

Sous conseil médical français, je n'ai pas osé le porridge au petit déjeuner. C'est trop. Pas crédible ni comestible pour moi.

« En toute honnêteté, dis-moi, Jean, est-ce que tu pourrais rajouter du lait dans ton thé ou dans ton café, sans pour autant obtenir un *cappuccino* ? », lui dis-je sous l'emprise d'une hilarité gonflée d'ironie. Et je ne me contente pas : « est-ce que tu pourrais passer la tondeuse en te relaxant, sans transpirer et à n'importe quel moment ? ».

Je suis un fleuve qui va sortir de son lit, je n'essaie même plus de camoufler mes attaques. « Est-ce que tu pourrais te balader en manches courtes et avec des bottes en caoutchouc ? ».

En effet, même s'il y a du soleil, c'est juste plus prudent d'affronter l'extérieur avec des bottes. La boue est une autre immanquable touche glamour de tout chemin que nous pouvons parcourir et qui nous conduit d'un point A à un point B. Oups, je suis injuste : qui nous conduit d'un pub A à un pub B.

Nous habitons le village de Sutton Courtenay. À côté d'Abingdon-on-Thames. Si vous avez lu un livre de Colin Dexter, vous en avez entendu parler, autrement, cela reste une petite ville d'à peine trente mille habitants dans la Thames Valley.

« Tu comprends », je dis à Jean deux ans après notre barbecue avec nos voisins, « tu te sens toujours un peu étranger dans ce pays ». Ma phrase est plutôt une sentence sans appel et dénouée de toute circonstance atténuante.

Depuis trois ans, pas possible d'élaborer une recette digne de ce nom. J'ai abandonné. Je ne cuisine plus, et quand je le fais, ce n'est jamais un plat raffiné ou élaboré.

Je n'ai même pas osé présenter de la *jelly* à la menthe sur des tranches d'agneau à ma belle-mère ! J'ai abandonné ma recherche d'un produit spécifique. La plupart du temps, ce produit est caché ou perdu dans des mètres de linéaires dans les rayons des grandes surfaces. Des centaines de sauces, coulis, marinades et dressings différents. *Jelly* à la betterave, non, je n'y crois pas et pourtant cela existe.

Toutes les sauces sont carrément regroupées en neuf rubriques différentes. Cela attise ma curiosité lors des courses effectuées sur internet. Je découvre qu'il y a au-delà de cents *items*. Je tremble d'émotion en m'arrêtant aux *ketchups* : il y en a vingt-trois différentes sortes. Pour les barbecues et les marinades : ce sont les professionnels de l'assaisonnement. Je croyais à une erreur : cents six items.

Les italiens des inventeurs ? Non. Du vrai amateurisme. Ici vous trouvez quarante-deux mayonnaises. Il doit y avoir des experts en métissage d'ingrédients car je n'arrive toujours pas à me faire à l'idée d'acheter et, ensuite, manger de la mayonnaise aux oignons caramélisés ou au fromage bleue. Elle va accompagner quoi ? Un poisson pané ?

Le marketing manager a dû éplucher la table des aliments pour concourir dans l'assemblage le plus *cholesterol-oriented*.

Tu passes aux « condiments » et tu te dis qu'enfin tu as trouvé de quoi servir ton rôti. Au contraire, tu te dis que tu es passé au rayon confitures : pommes, myrtilles, groseilles rouges, coings. En sauce et, pour les intrépides, en version *jelly. Of course*.

La *brown* sauce. Au-delà de la fiction et de l'audace. J'ai lu les ingrédients : tomates, vinaigre, sucre... bla, bla. Dans la norme.

Puis, la stupeur : tamarinde ! J'étais persuadée qu'il s'agissait d'un sirop ra- fraîchissant ! Ici on se *rafraichit* avec quatorze variétés.

Je suis dévastée par la curiosité.

Les médicaments antidouleur en vente dans la même enseigne sont un total de soixante et onze. Ceux pour les indigestions et les brûlures d'estomac ne sont que cinquante.

Ah. Les robots ont des estomacs en matériel résistant et spécialement conçus pour tolérer les cent cinquante *items* potentiellement responsables d'une aigreur d'estomac plus aigüe. Tout s'explique.

Heureusement dans ma famille, grâce à notre consommation élevée de yaourt, nous participons, malgré nous, au soutien des fermes anglaises. Notre support est allé, cependant, en dégringolade vertigineuse depuis que Jean s'est découvert un taux de cholestérol à corriger. « *I'm sorry about that*», à toutes les vaches anglaises, je vous prie de vouloir m'excuser.

Des très nombreux *items* brandissent présomptueusement une gamme de petits, moyens ou plus grands drapeaux nationaux pour bien signaler qu'il s'agit d'un produit anglais. Il faut dire que c'est tellement rare, que ça vaut la peine de l'exposer en vitrine et en première ligne.

Évitez donc de vous fatiguer à rechercher un ingrédient avec lequel vous aviez l'habitude de concocter du veau ou du lapin au four en France ou en Italie. Peut-être le produit existe-t-il dans le rayon mais il est étouffé par l'Union Jack.

Faune locale

Trois ans. Je me croyais capable d'un peu plus. Mais non. La première fois que j'ai cherché du lait, c'est là que j'ai réalisé ma « non *inglesitude* ».

C'est le lait frais, encore une fois produit par les fermes anglaises (dans lesquelles tu te balades dans de l'authentique, véritable, épaisse boue anglaise, celle qui reste accrochée à tes bottes *ad vitam aeternam*), qui a la première place dans les rayons.

Et non seulement le lait long conservation n'a pas la cote mais, en plus, un vrai Anglais reçoit une livraison de lait frais et d'autres produits (de la ferme) à la maison. Cela contribue non seulement à l'appui et au développement des exploitations anglaises, mais aussi, et, surtout, à l'engorgement de voitures et petits camions de livraison qui arpentent les « routes». Routes ou chemins ou quelque chose qui ressemble à du bitume pour se déplacer d'un pub à un autre.

Sur toutes ces (peu nombreuses) routes, j'ai le délice de fréquenter assidûment deux spécimens locaux singulièrement intéressants: les robots en vélo et la faune (morte) de l'Oxfordshire.

Pourquoi s'obstinent-ils à se déplacer en vélo alors que :

1- ils ne sont pas doués ;
2- les routes offrent à peine suffisamment de place pour le passage de deux voitures ;
3- les pistes cyclables existent ou pas selon les budgets de la contée et selon la place physique à disposition ;
4- les conditions atmosphériques ne laissent guère le plaisir de s'offrir une balade de santé.

Je viens de découvrir un détail croustillant : dans l'Oxfordshire, un « Club Vélo Des Moutons Noirs » existe. Il se dit, je cite : « une bande d'amis *libres* (ou *débauchés*, je n'arrive pas à me décider sur la bonne traduction) qui aiment pratiquer le vélo dans la campagne de l'Oxfordshire et les Alpes ». J'espère que la publication date d'avant le Brexit. Aucune envie de les croiser en France alors que j'ai autant de mal à les éviter en Grande Bretagne.

Pitié. Arrêtez de prendre votre vélo !
Les statistiques d'accidents en Angleterre
sont très encourageantes alors, s'il vous
plait, ne soyez pas à l'origine d'un inver-
sement de tendance.

Non. Rien à faire. Ils s'obstinent à
conduire leur vélo comme si c'était une
voiture. Ils savent pertinemment qu'au
lieu d'un volant, ils ont un guidon. Pour le
reste ce sont des *transformers* mais en
vélo.

Panoplie complète de métamorphose:
ils s'arrêtent aux feux rouges, ils mettent
le clignotant, ils font la queue, ils portent
un gilet jaune, des gants, un casque avec
lumière intermittente incorporée, une
gourde, une pompe, une lumière à
l'arrière, un sac à dos, tout cela accompagné d'un beau tee-shirt à manches
courtes. Et surtout, ils n'utilisent JAMAIS
le trottoir : c'est tellement mieux d'être en
tête du peloton avec les voitures en embouteillage derrière vous !

Avec eux sur la route, vous êtes obligé
à un perpétuel calcul mental. Vitesse de
déplacement de la voiture d'en face, limi-
tation de vitesse sur la route que vous
parcourez, distance entre le gilet pare-
balles du robot en vélo et votre rétrovi-

seur. Les robots y arrivent. De mémoire, j'avais un peu plus de la moyenne en mathématiques...

Donc, le temps de faire le calcul et le risque pour doubler devient trop élevé.

Quand il n'y a pas un vélo qui vous oblige à ce gymkhana entre obstacles à deux ou quatre roues, ce sont les deux ou quatre pattes qui sont responsables des ralentissements. Biches, daims, écureuils, pigeons, rapaces divers, rats campagnols (avant qu'ils ne deviennent la proie des rapaces), castors, blaireaux, ratons laveurs, renards, hérissons, lièvres, lapins. J'ai tout vu. Y compris leurs bulbeuses entrailles.

Tout ce cimetière géant pour éviter d'installer des barrières au bord des routes. Drôle de manière de sauvegarder l'environnement et supporter les fermes. Certainement il garantit l'absence de glamour.

Je n'ai jamais rêvé de vivre à la campagne en Italie, ni en France, alors figurons nous en Angleterre !

Une race qui échappe au massacre: les aigles et faucons. Ils sont majestueusement nobles dans leur surveillance accrue des différents endroits. Mais j'ai une quasi - certitude : il s'agit d'*oiseaux - robots* dispatchés dans la nature pour qu'ils passent inaperçus. Pourquoi pas ?

Au bout d'un an de vie en Angleterre, j'opte pour l'achat / investissement / assurance d'une lampe torche. Cela m'évite d'écraser les limaces qui parsèment la petite allée qui conduit de la voiture à la porte d'entrée de la maison. Je fais pareillement de la prévention quant aux futurs incidents domestiques qui pourraient se produire sur le carrelage du hall d'entrée à cause d'une glissade malchanceuse sur le gastéropode.

Surtout la lampe torche me permet, à 4 heures d'un après-midi d'hiver, de voir où je mets les pieds.

Je suis rongée par un autre atroce doute quand il fait nuit noire. « Et si les lampions suspendus le long des routes dans les villages n'étaient autre que des caméras de surveillance ? », je m'inquiète auprès de Jean en jetant un œil à une lampe noircie au-dessus de nos têtes (elle a peut-être brûlée...). Jean ne daigne même pas répondre. Il considère la question comme une attaque injustifiée contre le choix de vie que nous menons.

« Statistiques à l'appui : l'Angleterre est le pays au monde ou le nombre d'appareils de contrôle est le plus élevé », je cite sans pour autant en avoir la preuve irréfutable. « Tant mieux, c'est pour notre sécurité », rétorque laconiquement mon mari.

« Tous ces appareils de sécurité sont-ils capables de me signaler que le chemin est glissant et qu'une limace ou un tas de feuilles mortes pourraient causer une chute douloureuse sur le béton ? Non. Donc, dans mes standards à moi, cela m'empêche de conduire naturellement, de me déplacer normalement, d'agir en personne libre. Non, je ne me sens pas libre. Sauf si je suis d'accord de conduire, me déplacer, agir, bouger, selon chaque règlement, procédure... », je m'arrête pour reprendre la respiration après avoir vomi tout cela en un torrent de mots et en agaçant visiblement Jean.

J'ai un énième doute, mais cette fois j'adopte un raisonnement silencieux et furtif dans ma tête en regardant de biais mon mari : auraient-*ils* placé des agents chimiques dans toute boisson alcoolisée pour que chaque individu accepte docilement règles, procédures et contraintes? Avec Jean, c'est partie gagnée d'avance.

Son taux de gammaGT est toujours suffisamment important pour que les molécules hôtes puissent se greffer commodément dans son tissu hépatique.

Le restant de la population ? Encore une fois statistiques à l'appui - et cette fois je regarde - disent que les « unités » d'alcool consommées en Angleterre sont en augmentation dans toute la population, surtout les jeunes femmes. Voilà. C'est démontré : Big Brother ou les services secrets veulent recruter des jeunes et jolies filles en les asservissant aux crédos de la maison. Méthode utilisée : les rendre ivrognes.

Moi ? Je ne suis plus ni jeune, ni jolie. Donc, pour le moment, même si les unités des boissons alcoolisées consommées et absorbées par mon foie sont en progression vertigineuse depuis deux ans, pour le moment, la démarche n'a pas eue les résultats escomptés sur moi.

Je suis dans un tunnel : je ne capte pas

En Italie. Oui. Je ne peux certainement pas affirmer que tous les italiens sont honnêtes ou tous menteurs. En revanche, il est vrai que certains mentent et certains sont honnêtes. Pour les Anglais c'est une autre histoire. Tu ne sais jamais s'ils mentent ou pas, tu ne sais pas, tu es dans le doute (qu'eux n'ont pas). Ils croient peut être que les émotions et les éclats d'humeur, soient-ils positifs ou négatifs, sont une dépense inutile énergie.

« Pourras-tu m'enregistrer quelques chaines de radio dans la voiture ? » demande-je souriante à Jean avant de prendre la voiture. « J'aimerais bien rester à jour avec les infos locales et écouter les derniers tubes ».

« J'ai finalement choisi la chaine de musique classique », me dit-il en cassant tout mon enthousiasme. Bizarre. Normalement Jean aime écouter les informations, le sport et un peu de musique.

Au bout de quelques semaines, tout est plus clair. En effet. Les Anglais, à priori, ne souhaitent ni dépenser de l'énergie en parlant, (sauf s'il s'agit de leur chien), ni de l'argent (sauf pour la charité). Je connais désormais par cœur les infos sur la météo et sur la circulation routière, ainsi que les morceaux de musique retransmis sans arrêt sur le peu de chaînes que j'arrive à capter par ici.

Je peux revisiter les tubes des années '80 sans difficulté. Les meilleurs titres du moment ne sont émis que modérément.

« Tu as remarqué que parmi les chansons qu'on écoute à la radio, il n'y a que des morceaux anglais ? ... enfin, des morceaux en langue anglaise, peut-être des chanteurs américains ou d'ailleurs, mais tous chantent en anglais ? ».

On dirait que, pour la première fois, Jean réalise que nous vivons dans un pays se proclamant respectueux des libertés... mais leurs libertés. Celles d'autrui ? Ils ne les connaissent pas. Personne n'est venu s'en plaindre.

«Oui, en effet rien est dans une autre langue que l'anglais... et je vois mal traduire La Bohème de Puccini..., tout cela quand le signal radio n'est pas perdu. Tu sais, j'ai repéré au moins dix différents endroits dans un rayon de huit miles où la

chaine radio n'est plus captée », je ren-
chéris sans pitié.

Y auraient-ils des extraterrestres en-
vieux d'approcher les robots ? Et qui
émettent sans cesse des ondes qui pertur-
bent les FM ? Reste à vérifier.

Soutenons le bon sens !

La météo. N'imaginez pas devenir un fin connaisseur des phénomènes atmosphériques tels que pressions, températures et humidité. Non. Oui. Enfin, j'ai vérifié. Et pour parler objectivement de la météo de l'endroit où nous habitons, la vallée de la Tamise, j'ouvre la référence Wikipedia. Sous la section « climat » est noté, je cite : « cette section est vide, insuffisamment détaillée ou incomplète ».

Mmmmh, d'accord. Voilà un nouveau job pour lequel je peux postuler : *miss météo*. Pas à la télé, mais à la radio. Même pas besoin d'une personne et du playback. Un ou deux enregistrements suffisent. Il ne peut y avoir des températures plus élevées que 9°C. Ou très rarement.

Ça sonnerait à peu près comme ceci : « intervalles nuageux (quand il n'y a pas de la pluie ininterrompue), averses irrégulières (si t'as la chance d'apercevoir un rayon), et tendances à des éclaircies en fin d'après-midi ». Si cette même prévision est récitée pendant l'hiver, vous ne verrez aucun éclaircie sauf celle de votre

lampe torche. Fiabilité de la situation ?
Toujours élevée.

À la radio je pourrai aussi parler de la
circulation.

Pour la A34, on alterne entre trafic très
lourd et embouteillages qui peuvent vous
ralentir (c'est une certitude mais ils vous
bercent toujours dans l'espoir que vous
arriverez à l'heure) ou des travaux tous
les deux mois, tous les deux miles. Pour la
M4, c'est un camion renversé qui obstrue
la chaussée. À tous les coups, il transporte
des produits frais de la ferme.

Dans le village de Clifton Hampden,
c'est un feu rouge programmé selon les
humeurs de l'un des robots qui créé des
embouteillages dignes d'une mégalopole.
Le village compte six cent soixante-deux
âmes (recension 2011), deux pubs et il est
tristement célèbre pour retarder les déplacements dans les deux sens des travail-
leurs de la région.

La circulation n'est pas uniquement
une question de voitures et de code de la
route à respecter.

Sur le site officiel du gouvernement à
la section « environnement et campagne », il y a une rubrique pour déclarer

la présence d'un animal mort ; sur le site de la contée de l'Oxfordshire il y en a une pour exiger la réparation d'un trou ou d'un défaut de la chaussée à l'aide d'un formulaire à remplir qui compte également une rubrique pour poster d'éventuelles photos en témoignage de la découverte.

Jean dirait que cela fait partie du folklore. Claude dirait « c'est tellement formidable d'avoir quelqu'un qui répare les trottoirs ! Ici à Paris c'est inadmissible... ». Oui, comme si le « Paris de Claude », c'est à dire les chaussées du 7ème, 8ème et 16ème arrondissements de la capitale, avaient besoin d'être mieux entretenus pour des questions de sécurité...

En effet, lors de chaque requête, le plaignant fait appel à la sécurité et, de son côté, la contée répond en disant : « la contée a pris en compte votre demande et le problème sera traité ». Quand, comment, par qui, on ne sait pas.

Je n'ai pas pu lire les vingt-deux mille requêtes déposées durant l'année passée mais il y en a des croustillantes.

« Les mauvaises herbes sont trop hautes - sur une certaine route - et la personne en charge de la coupe a entretenu une seule partie de la chaussée ».

Confirmation qu'il s'agit de robots. S'il ne s'agit pas de la chaussée de Clifton Hampden sur laquelle tu as tout le temps de regarder les deux côtés de la chaussée à cause de l'éternel embouteillage, comment veux-tu repérer ce genre de détails en passant en voiture ? C'est fabuleux. Il doit s'agir de promeneurs... de l'espèce très commune appelée *ennuyéebilis* et *ennuyeusebilis*. J'étais pourtant persuadée que cette espèce était particulièrement prolifique en France. À priori, de l'autre côté du *Channel* c'est à peu près la même chose...

D'autres témoignages proposent des photos de trous dans les routes. Signe que les gens s'ennuient ou qu'ils sont assez exaspérés. Ils arrivent à consacrer du temps pour prendre la photo d'un trou (environ huit mille, pas un seul, pour la précision), remplir le formulaire et, ensuite, bien sûr, suivre l'avancement de leur requête.

Encore sur les mauvaises herbes ! Comme si en Arabie, on pouvait se plaindre des nombreux grains de sable qui, sans autorisation, franchiraient portes et fenêtres !

« Les mauvaises herbes nécessitent d'être coupées plus fréquemment. Il s'agit d'une route sur laquelle la vitesse est limitée à 60 miles par heure et, donc, dangereuse ». Cette fois, au lieu d'utiliser le mot magique « *I'm sorry* », ils ont choisi l'argument sécurité et la nécessité d'éloigner le danger.

La perle rare. Le panneau « ne pas jeter d'ordures » est positionné en dessous de l'indication « défense d'entrée » et il se trouve en dessous des 2,1 mètres réglementaires de hauteur requise.

Wow. Le plaignant devait vraiment s'ennuyer ce jour-là... ou peut-être ce panneau l'empêche de faire la pub de son enseigne. Il a bien sûr accompagné sa requête d'une photo dans laquelle on voit clairement que, pour des raisons structurelles propres au bâtiment, le panneau ne pouvait aucunement être placé autrement.

Jamais entendu parler de bon sens ? Quelque chose dans le registre : exception à la règle justifiée par une circonstance particulière ? De deux choses l'une : supprimer tout bonnement le panneau ou le laisser à une hauteur différente de celle définie par le règlement.

Le plaignant pourrait peut-être envisager une troisième piste : reconstruire le bâtiment afin de permettre au panneau d'être positionné selon les règles car il ne rencontrera plus d'obstacles. Ouf, comme ça, tout est respecté et rentre bien dans les cases.

Plus simplement, la personne en question mesure 2,50 mètres et sa taille l'oblige à se baisser pour lire le panneau. Dans ce cas, on ferait appel à la discrimination ou à je ne sais pas quoi d'autre.

En résumé. Les problèmes de la contée sont : les trous dans les routes, la végétation à couper dès qu'un rayon de soleil accompagne la pluie et l'eau qui ne peut pas être évacuée (reste-t-elle dans les trous ?) et qui va nourrir les mauvaises herbes…

Un vrai casse-tête. On commence par quoi ? Le temps qu'on coupe les mauvaises herbes, d'autres auront poussé grâce à l'eau stagnante dans les trous en attente de réparation. Mieux vaut commencer par les trous. Résultat : l'eau ne pourra pas stagner dans les trous, ni nourrir les mauvaises herbes. Ces dernières arrêteront, donc, de pousser trop vite. Je suis presque tentée d'utiliser l'un de ces précieux formulaires...

Une chose est sûre. Je sais qu'en Italie, il y a beaucoup de trous et que la majorité ne sont pas réparés, en France il n'y en a pas beaucoup et ils sont assez efficacement remis en état.

En aucun cas, on s'amuse à les prendre en photo ou à les compter.

Même s'ils nous proposent de mettre tout en œuvre pour notre sécurité, à force de vérifier, surveiller, certifier à l'appui de photos, le pas est vraiment court pour dénoncer le voisin qui fait quelque chose qui ne nous plait pas !!!

Donc, soyez vigilants dans le choix des outils, matériaux que vous décidez d'acheter, d'utiliser, de montrer, d'afficher. Soyez circonspects dans tout ce que vous faites ou prévoyez de faire. On vous regarde ! Peut-être la chose est-elle tolérée, peut-être pas. Vous pouvez vous garer sur la route en bloquant le passage des autres voitures mais gare à vous si l'une de vos roues est montée sur le trottoir. Ce dernier est réservé aux chiens. Et aux piétons.

Le miracle économique ou, en tous cas, le réveil post-crise de 2008 s'est produit ici. Et pourtant nombreuses sont les pancartes exposées le long de la route proposant à la vente « œufs de poules élevées en plein air », « cochons de lait ». Du marketing « campagnard » avec écriteau au marqueur rouge.

Les robots seraient-ils en train de jouer à Hay Day ?

Stupeur et règlements

Parfois je marche et je regarde par terre. Je regarde mes pieds. Histoire de ne pas croiser une caméra ou un œil ennuyé d'une vielle dame qui décale ses rideaux en dentelle pour espionner ce qui se passe dans la rue. Je me dis qu'il vaut donc mieux ne pas provoquer de regards suspicieux. Je lève la tête et fait semblant d'apprécier les cottages alignés les uns après les autres.

Je suis peut-être une « espèce invasive », aux habitudes bizarres : j'ai le soleil dans la peau et je n'arrive pas à me réjouir d'un rayon qui a eu la chance de percer la couche de nuages. Je prépare et consomme le barbecue à l'extérieur. Je n'ai pas envie de me geler le lendemain en essayant de faire partir l'odeur de brulé dans la maison.

Deux ans et j'ai toujours du mal à côtoyer les gens qui m'entourent. J'ai décidément l'impression d'être à coté de robots. Même si de temps en temps, ils s'adressent à moi en utilisant « *love* », « *my dear* », alors qu'il s'agit de parfaits inconnus. Ils restent pour moi glaciaux et distants. Ils n'ont pas été programmés pour l'empathie.

« Bonjour, je suis ici pour déposer les formulaires d'inscription à la garderie pour mes jumeaux… », dis-je à la personne qui m'ouvre la porte avec un sourire complice. Je ne sais plus trop quoi rajouter et je voudrais juste qu'elle ouvre complètement la porte en me permettant d'entrer.

Cela a l'air compliqué apparemment. Elle vient, en effet, de composer un digicode pour ouvrir la porte, elle a certainement coché une case sur un registre pour signaler la présence déroutante d'un visiteur inopiné.

Entre-temps, je suis toujours sur le pas de la porte. Elle reste entrouverte. Il pleut et il y a du vent mais la politique de la garderie a du statuer d'autoriser l'accès à personne d'autre que les parents des enfants inscrits et du personnel employé. Les enfants aussi sont tolérés. Je ne rentre, pour le moment, dans aucune case.

Irritée, je demande en dehors de tout registre conventionnel « puis-je rentrer ? ». Comme elle n'a pas été programmée pour dire « non », *« yes, my dear* » et la porte s'ouvre. Je peux enfin expliquer la raison de ma présence suspecte.

Ils écrivent mon prénom sans qu'il soit suivi par mon nom de famille. Ils m'appellent par mon prénom lors d'un envoi d'un email. Or, on ne se connait pas ! De plus, utiliser le prénom est bel et bien une excuse pour mieux dire « chère Eva, tu me dois deux cents livres sterling ! ».

Ils croient peut être qu'avec un langage plus familier, qui se veut créateur d'une relation de confiance, on peut tout demander.   Personnellement,   cela m'agace !

« Chère   Eva,   pourrais-tu   s'il   te plait… » mais je n'ai pas envie, même si tu m'écris quatre fois. Même en me remerciant lors de chaque envoi.

Jamais *de visu*. Jamais naturellement, spontanément. Tout est emails, lettres, documents, correspondances, formulaires, questionnaires, communications et missives écrites (en pièce jointe d'un email). Arrosage massif au moindre coût. Impersonnel.

Exemple parfait : l'école de Marius. Même la facture à payer logiquement par nos soins est à imprimer curieusement par *nos* soins.

Pour obtenir les tickets de la cantine scolaire, il faut remplir un formulaire. À payer logiquement par nos soins avec un chèque accompagné dudit formulaire à télécharger et à imprimer originalement par *nos* soins.

Premier investissement pour toute personne qui débarque en Angleterre : ordinateur avec accès internet haut débit avec imprimante, *scan* et, si on peut, avec photocopieuse. Minimum de départ pour communiquer avec les robots et bien cocher les cases requises. Oui. Même si vous êtes au beau milieu d'un champ de colza.

Dans chaque message, lettre, email correspondance écrite il y a toujours au moins un « *I'm sorry* » et un ou deux « *thank you* ». Quand ils réclament de l'argent ils te remercient à l'avance de ce que tu vas faire. C'est souvent pour cette raison qu'ils t'écrivent même si tu es un bon payeur. Même si ce n'est pas la peine de rappeler les termes du paiement. Peut-être que c'est efficace mais j'ai la désagréable impression d'être infantilisée.

J'étais convaincue que les italiens avaient le don de tout exagérer. Même dans la paperasse. Italie-Angleterre : match nul.

J'ai repéré sur le site gouvernemental un croustillant formulaire (à remplir impérativement à l'encre noir et en lettre majuscules) d'un total de bien onze pages nommé A06.

Mmmh, onze pages. Evidemment le taux de chômage est assez bas. Il faut une équipe entière d'employés pour étudier une demande !

Le dit formulaire permet de demander une licence de tuer ou prendre les cormorans qui causent un dommage sérieux à la pêche. Le fonctionnaire en charge d'octroyer les demandes doit se croire embauché par le MI6.

À ne pas confondre avec l'A07 qui fait également onze pages.

Si je comprends bien, il y a un formulaire à remplir pour qu'un chasseur puisse légalement emmerder un pêcheur. Oups. Il le fait légalement. Et si par chance il devait le croiser il lui dirait « *I'm sorry* », « *do you fancy have a beer* ? ».

En Italie, il y a une liste des espèces migratoires à chasser selon la loi. Il y a une liste longue de lois, normes nationales, régionales et européennes… et une série de taxes à payer pour envoyer les requêtes.

Score finale du match Angleterre- Italie sur le terrain de la complexité des formulaires à remplir : 1-1. Avec l'Angleterre qui détient, néanmoins, un avantage. Car elle a décidément réussi à créer la surprise. Tout le monde s'attendait une fanfaronnade à l'italienne. Eh bien, non.

Je vais oser le dire : « non ! »

Le fait de dire « *I'm sorry* » justifie tout ou presque.

César et Augustin ont eu, durant leur séjour dans une garderie anglaise, hélas, la varicelle. L'un après l'autre, au moins. Pour mon plus grand soulagement.

Après deux semaines de quarantaine pour César, je considère, sous avis médical positif, qu'il est apte de nouveau à réintégrer la vie en communauté.

« Eva », c'est Judith de la garderie à l'appareil ». Mon téléphone a sonné juste vingt-cinq minutes après que je sois rentrée à la maison. Je viens de siroter un café. Le liquide me brule le palais mais c'est une sensation agréable.

J'attends depuis deux semaines de pouvoir profiter d'autre chose que boutons purulents, couinements intermittents et sommeil perturbé.

« César a encore quelques boutons qui ne sont pas... », la puéricultrice hésite un centième de seconde. Ou peut-être, n'y a-t-il pas le moindre doute dans son débit de mots.

« Non, il va parfaitement bien, il n'est plus contagieux, arrêtez de m'appeler pour un oui ou pour un non, dès que leur gaz ne vont pas dans la bonne direction, selon *votre* direction, maintenant j'en ai assez, vous arrêtez de me harceler avec vos appels, vous me dérangez ! », je crie dans le combiné, hors de moi, le café maintenant brule mes lèvres, mon palais, j'ai peut-être renversé la tasse mais rien ne compte, je suis hors de moi.

Je gesticule pour donner davantage du sens à mes mots comme si la personne était en face de moi. Je ne veux pas accepter le zèle obtus et aveugle d'une fille qui a eu à faire à des furoncles infects le matin même en se regardant dans la glace !

« César est contagieux, vous devez venir le chercher », rétorque Judith avec une quiétude, une impassibilité digne de quelqu'un qui sort d'une séance de thalassothérapie. On dirait qu'elle est zen… ou… Ah, j'étais presque en train d'oublier : il s'agit d'un autre robot, évidemment. Quoi qu'il en soit, son sang-froid inébranlable au lieu de me calmer, me rend davantage coléreuse et pétulante.

Je me trouve insupportable, je me rends compte que je suis emmerd... à entendre.

C'est l'argument qu'elle utilise pour m'obliger à aller chercher *illico presto* César qui me déchaîne. « Le règlement interne de la garderie prévoit que la personne en charge de l'enfant doit le retirer immédiatement si une raison de santé représente un danger pour la communauté », récite-t-elle dès qu'elle appuie sur le bouton *start* de son dispositif de communication. Sans même inhaler ou déglutir (les robots n'ont pas de salive), elle délivre la dernière partie de sa sentence autorisée : « si vous ne venez pas le chercher sur le champ, *nous* devrons faire appel aux institutions dédiées à la protection de l'enfance ».

Un silence s'ensuit. Elle a dû appuyer sur le bouton *stop* de son appareil de communication.

Je suis furibonde, bouleversée, en plein vacarme intérieure. Il faut savoir que dans les quatre semaines qui ont précédé les deux semaines d'arrêt pour la varicelle de César, le personnel de la garderie m'a appelé au moins cinq ou six fois en m'obligeant à refaire le parcours à l'envers. Soit huit miles aller-retour entre une et deux heures après les avoir déposés.

La dernière fois, elles ont jugé par défaut qu'Augustin, en tant que jumeau, avait la varicelle exactement comme César. Dans ce cas, j'ai dû supplier un médecin généraliste pour qu'il certifie que l'enfant n'avait pas, au moment de la consultation, en tous cas, la maladie en question. Elles ont dû l'accepter.

Les autres fois, chaque appel était lié… à la qualité du contenu de la couche de l'un ou de l'autre jumeau. Oui, la consistance et la fermeté de la crotte de mes enfants ne répondaient pas aux normes de leur établissement.

Dans ce cas, j'ai eu gain de cause. J'ai dû plausiblement avoir affaire à un modèle défectueux ou en manque d'accu. Elle a respecté le règlement tout en utilisant le bon sens ! Augustin une fois et César à une autre occasion avaient probablement goûté à une série d'aliments appréciée par leur palais et moins par leurs intestins. Tout simplement. Mais ils n'étaient aucunement malades.

Cette fois il s'agit d'un prototype encore plus performant et rigoureux. Elle ne veut pas entendre autre chose que la politique interne de la garderie. Même si je présente un certificat médical, non, cette fois il n'aurait pas de valeur ! Je raccroche tremblotante en pressant la touche du portable « *appel fini* » et je passe ensuite un autre appel.

« Je déteste ce pays, j'en ai marre de devoir appliquer les règles sans un minimum de bon sens », j'aboie dans le micro à Jean, « ils me menacent d'appeler la police si nous n'allons pas toute de suite chercher César ! ».

« D'abord arrêtes de brailler, comme ça je pourrai mieux comprendre de quoi il s'agit ». Une seule phrase et le doute m'assaille : et si Jean était un échantillon-test envoyé pour examiner les créatures récalcitrantes comme moi ?

Il essaye de me comprendre sans faire trop d'effort. Il appelle quand même la directrice du centre qui se montre d'autant plus intransigeante que nous mettons en doute le jugement de ses collaboratrices-robots.

Le lendemain, je me représente à la garderie avec César et je demande avec une conduite rebelle-provocatrice « pouvez-vous demander à votre règlement si César représente toujours un danger pour la communauté ou s'il peut à nouveau l'intégrer »?

La fille revient avec César après l'avoir examiné dans le moindre bouton et elle commence « disons, qu'il a un bouton qui... ». Je ne lui laisse pas le temps de terminer sa phrase et je l'interromps brusquement en lui demandant « c'est un oui ou c'est un non ? ».

Une seconde d'hésitation et elle arrive à déterrer le mot le plus difficile à prononcer en langue anglaise : « non ».

Le mot doit être d'autant plus douloureux car il ne fait pas partie du lexique en dotation des robots. Pour le dire, ils doivent se soumettre à une délicate, rare et pénible manœuvre de *reset* de programme. Opération réussie pour Ivy qui a franchi l'étape en me communiquant le verdict pour César : coupable. Rentrer à la maison.

Quand je rentre à la maison, j'ai envie de pleurer de rage, de déception, de tristesse, de fatigue. Je retiens mes larmes. Je sais pertinemment que les humanoïdes ont gagné. Les émotions ont lamentablement échoué sur le terrain du respect des règles.

Je sais que quand je devrais refaire le parcours-aller pour la troisième fois pour chercher Augustin en fin d'après-midi (heureusement, il n'a pas fait un pet de traviole, il fait tout selon le règlement), Judith, Ivy ou un autre robot viendra m'accueillir avec un sourire sur le visage pour me livrer les détails des activités de la journée. Tout cela comme si la conversation téléphonique avec mes invectives ne s'était jamais produite.

Je ressens à nouveau une sensation d'infériorité. Je revis la conversation téléphonique et je pense au ton de la voix, au débit des mots de Judith. Tout est préparé, calculé, maîtrisé, sans surprise et... efficace. Elle ne se démonte pas en entendant le haussement de la voix de son interlocuteur. Cette attitude la mets automatiquement en position de supériorité car elle ne dépense même pas d'énergie supplémentaire. Elle applique les règles. Tout... bêtement. Oui, mais avec supériorité. J'ai l'impression que n'importe quel robot pourrait dégager cette attitude de domination de manière spontanée.

Je suis d'un autre genre. Mon sang est plus chaud. C'est pour cela que les émotions ressortent plus facilement et avec plus d'envergure que pour le genre à sang-froid.

Les Anglais ont décidé de ne pas montrer, ne pas livrer sentiments, émotions, sensations, impressions. Ils ont décrété que cela peut les rendre plus forts.

Mais plus forts que qui et pourquoi ? Pour l'économie ? Sur l'échiquier international ? Quand ils se regardent dans la glace le matin ou le soir ? Sûr, ils ne montrent pas leur fierté ou leur arrogance. Dans tous les cas, ils ne le font pas à la manière caricaturale des Français. Mais ils le sont d'autant plus. La différence, c'est qu'ils ne sont jamais dans l'excès. Sauf quand il s'agit de boire de l'alcool.

Ils ont des boucliers particuliers. « *I'm sorry* ». Fondamental pour avoir un minimum de chances de se fondre dans la circulation et à utiliser sans modération. Osez même exagérer quand vous écrasez un pied « *I'm dreadfully sorry* ». Ça marche. Ils n'ont plus mal.

« *Thank you* ». À utiliser même hors contexte et hors propos. Ils sont formatés comme ça. Inutile de vouloir faire autrement.

Même les piétons remercient les voitures. Il faut dire que rares sont les « passages piétons » à disposition. À contrario, à Paris, où on compte d'innombrables passages, les piétons remercient les voitures de ne pas les avoir écrasés ou ne pas avoir accéléré.

Je suis honnête : la programmation des robots dans la conduite de voiture (bien sûr c'est logique c'est eux les machines !!) est exemplaire. Dans le sens que les voitures et les machines qui les conduisent sont irréprochablement respectueuses des règles et des autres. C'est vrai. Ils s'arrêtent et ils se mettent dans la queue aussi pour faire passer un faisan.

Inutile d'éviter les trous, en revanche, il y en a trop.

Donc, n'épargnez pas la gym pour vos lèvres « *et un, thank you et deux, thank you et trois, thank you* ».

En effet, les routes, sortes de départementales en France (je dis « sorte ») sont tellement étroites que quand une voiture est garée d'un côté, l'autre en face ne peut pas passer. La règle veut que la voiture derrière la voiture garée s'arrête pour laisser passer l'autre. À chaque fois je fais un signe pour remercier le conducteur en face.

Résumé : si vous voulez apprendre des règles de courtoisie au volant, venez en Angleterre. Pour le reste, restez chez vous. Si vous voulez apprendre à conduire venez aussi en Angleterre… mais ensuite il faudra recommencer et réapprendre la conduite de l'autre côté… donc, vous resterez coincé de l'autre côté de La Manche… si jamais vous arrivez à la passer.

Émotions : défense d'entrer

Les Anglais sont civilisés, ils sont très polis. Cette affirmation résonne comme un mantra dans ma tête.

Très bien. Allons découvrir cette... drôle de politesse. Il faut savoir que, même en cas de pluie, vent, nuit, ou toute autre condition météo défavorable, l'anglais vous laisse sur le pas de sa porte. Il ne vous invite jamais à rentrer à l'improviste. Rentrer chez eux requiert un carton d'invitation ou au moins un texte sms dans lequel il vous demande si vous êtes disponible pour un barbecue, par exemple.

Il s'agit souvent d'invitations que j'appelle « camouflées ». En effet, par « politesse », ils vous invitent. En revanche, l'invitation est soumise à des conditions irréalisables.

« Vous préférez mercredi ou jeudi après-midi ? ». Ni l'un ni l'autre évidemment. Drôle d'idée de vous inviter un après-midi de semaine alors que tout le monde travaille. Facile d'être assaillie par le doute : ces anglais n'ont aucunement envie de vous voir mais par « politesse », ils vous ont « invitée ».

« *I'm sooooo sorry*, je n'ai pas reçu ton message », ils me répondent deux jours après mon invitation. Facile d'être assaillie par le doute : ces anglais n'ont aucunement envie de venir vous voir mais par « politesse », ils vous ont « répondu ».

Toujours par pudeur. Toujours parce qu'ils ne sont pas programmes pour dire « non ».

Bizarrerie de politesse. « *I'm terribly sorry* ». On dirait des enfants – bien élevés quand même – qui, après avoir fait une bêtise, et parfaitement conscients de l'avoir faite, pensent pouvoir rattraper le tout par une simple excuse.

« *I'm sorry about that* », une variante pour justifier d'une grosse bêtise ou pour vous dire que vous êtes coincé au milieu de nulle part et que la station essence ne rouvrira pas avant 7 heures le lendemain.

Ils vous font croire qu'ils sont désolés pour vous quand en réalité, ils utilisent une formule de politesse pour vous signaler qu'ils ne feront absolument rien de diffèrent à l'égard des règles / horaires / ouverture / fermeture / remboursement / mise à disposition d'informations…

Oh qu'ils sont gentils et polis et civilisés ces britanniques ! Oui, si vous voulez. Mais la politesse-gentillesse-civilité, sert-t-elle à quelque chose quand vous avez besoin d'un nouveau téléphone parce-que le vôtre a subi un sort sans appel dans les toilettes ? Avec la formule magique « politesse-gentillesse-civilité » personne n'a jamais réussi à composer un numéro de téléphone ou à télécharger une application.

La dernière « perle » à laquelle j'ai assisté, en tant que protagoniste-victime, me donne probablement confirmation que les défauts de programmation chez les robots existent (ou que peut-être ont-ils eux aussi un côté humain ?).

Ce matin, j'accompagne comme tous les jours César et Augustin à la *pre-school*. Comme tous les jours, je sonne à l'interphone de l'édifice qui accueille les enfants. Comme tous les jours, je dis « *good morning* » à la « personne » (ou plutôt à l'androïde dissimulé en nurse attentive). Comme tous les jours, je distribue câlins, bisous, gestes de bisounours divers et variés aux jumeaux dans le hall où ils accrochent leurs manteaux.

Comme tous les jours, j'accroche leur sweater. Un sweater au mois de juillet ? N'oublions pas qu'à cette latitude précise, c'est toujours le moment de la 5ème saison. Jamais entendu parler ? Rien d'autre que la saison anglaise. Elle va être ajoutée dans les manuels scolaires. Sa particularité est le maintien d'une moyenne de 9°C pendant toute l'année et le maintien d'un taux d'humidité à vous transpercer la peau.

Bref je déshabille les enfants et je leur dis au revoir.

En sortant de la pièce, je longe le bâtiment entouré de baies vitrées. Comme tous les jours, je m'apprête à faire « *bye bye* » de la main à mes bambins.....et là, l'impensable se produit. Je me pince la peau en me disant que je rêve. Non. Une des automates vient de soulever par les aisselles César et vient de le faire atterrir de force, façon sac de patates, par terre.

Je ne peux évidemment pas entendre d'où je suis ce qu'elle est en train de dire.

Mais je peux aisément voir que dans ce cas, la formule « politesse-gentillesse-civilité » n'est pas employée.

J'ai l'impression qu'Harry Potter est dans les alentours et que je fais l'objet d'un tour de magie. Le spécimen sort du bâtiment et se place juste en face de moi au-delà de la clôture en bois.

« Ne vous hasardez plus jamais à laisser vos enfants seuls sans les accompagner dans la salle ! », m'apostrophe-t-elle. Son regard et l'attitude qu'elle adopte en me parlant ne sont ni polis, ni gentils et, surtout, elle n'a pas dû calculer les retombées en terme de réactions, émotions d'une maman face à son enfant « maltraité ».

Je suis défigurée par la stupéfaction et son œil-camera a dû le détecter car elle change son regard et évolue *illico* vers un « *I'm sorry about that* » bienfaiteur. Je rentre comme une tornade dans la pièce, je demande Amanda (en ce moment je la déteste en dépit de son prénom). Elle est dans les toilettes en train de chialer. En me voyant, elle se recompose. Le centre de commandement des robots (il s'agit d'un modèle de dernière génération) a dû la rappeler à l'ordre et au contrôle.

Le lendemain, j'arrive à la *pre-school* comme tous les jours et le modèle qui a montré trop d'émotions a été éliminé. Il doit être en journée off pour révision et reprogrammation (=jour de congé).

En m'improvisant robot, je demande à la directrice de pouvoir signer un formulaire pour constater ce comportement inacceptable et indigne d'un établissement scolaire noté aux plus hauts standards. « *I'm sorry about that* », sa réponse. Ils ne disposent pas de ce genre de formulaire. Ils considèrent assurément que leurs exemplaires, infaillibles, maitres incontestés dans leur domaine, ne peuvent pas être pris en défaut.

Pour me consoler, je me jette dans les bras d'une autre immigrée en Angleterre. Une amie française. Elle ne distribue pas, heureusement, des « *hugs* » qui sentent faux, mais de vraies embrassades chaleureuses.

D'ailleurs, j'ai un doute : et si les *hugs* étaient produits pour nous poser subrepticement des puces et nous espionner ? Cela ne m'étonnerait guère. Rien de neuf sous le soleil….oups, sous la pluie.

Le véritable acte d'inestimable rareté a été le message laissé par la directrice du centre sur ma messagerie.

Mon téléphone est collé à l'oreille et pourtant j'ai du mal à saisir l'enchainement des mots. Car dans cette histoire, oublions l'univers duveteux ou sirupeux des mamans et de leurs bambins. Le vainqueur incontesté est la règlementation. Un jour après le dit incident, la centrale a dû lui enraciner une version réduite du manuel de gestion des mamans du continent. Le quartier général lui rappelle qu'il s'agit d'expériences et tests pour nous observer.

« Vous avez levé la voix », me précise-t-elle « et cela a perturbé le fonctionnement normal de l'établissement, les *autres* enfants ont été troublés parce que vous vous êtes emportée ».

Une pensée imbibée de culpabilité m'envahi : « ma chère Amanda, la chance a été avec toi vu que j'ai levé la voix... et rien d'autre... », je rumine dans mon intérieur.

« Vos enfants seront accueillis à nouveau dans la *pre-school* une fois que vous aurez présenté vos excuses », continue impavide la directrice. Ha. Ha. Je dois, en somme, m'excuser d'avoir levé la voix après avoir été spectatrice d'un comportement inacceptable envers l'un des enfants. Le mien ! Je suis d'accord d'adopter la politesse comme règle. Pas comme dogme suprême et irréfutable.

J'ai enfin une réponse. Pourquoi ont-ils voté Brexit ? Facile. Ils se suffisent à eux-mêmes. Pour le dire comme le commentateur radio islandais après la victoire de son équipe nationale face à l'Angleterre à l'Euro de foot : « vous avez décidé de sortir de l'Europe ? Sortez, sortez, vous pouvez aller où vous voulez !!! ».

Pourquoi faire simple quand on peut faire compliqué ?

« Ding, dong ». Elle est d'une sonorité nette et manifeste la sonnette de la porte de maison que nous avons louée dans cette résidence.

Je ne suis pas surprise de la visite. J'attends l'intervention d'un plombier envoyé par l'agence immobilière pour qu'il effectue une menue réparation dans l'évier.

J'ouvre la porte et, en essayant pour une fois de ne pas montrer trop de méfiance, je le reçois avec un large sourire et un mot de bienvenue.

Je rencontre un robot pour la première fois. Je le saisi au fur et à mesure de ses gestes et paroles.

Il s'agit d'un prototype basique dont le niveau de sophistication a été réduit à minima.

Il dit à peine bonjour. Il marmonne une phrase gutturale incompréhensible. Il me regarde en biais et se dirige directement vers la cuisine.

Et là, surprise. Au lieu de sortir une clé à lavabo, une pince multiprise ou des bagues de soudage, ou aller donner un coup d'œil aux tuyaux incriminés, il dépose méticuleusement un cahier et un stylo sur le plancher entre la gazinière et l'évier. J'en déduis trop précipitamment et naïvement qu'il a envie d'un thé et qu'il n'ose pas le demander.

C'est là que la machine est mise en route. Armé de son stylo (il s'agit peut-être d'une clé à molette dernière génération et je ne suis pas au courant), il alterne un coup d'œil à la robinetterie, un examen du siphon en ouvrant le placard et un mouvement de l'index et du pouce pour cocher l'une des cases sur le formulaire.

Je suis toujours debout assez mal à l'aise. Je ne peux même pas sortir la phrase sésame « *lovely day, isnt'it* ? » car il pleut vraiment des cordes et il pourrait croire que je fais de l'humour. Et ce type d'humour n'est pas anglais. Je n'arrive pas à me décider s'il considère qu'il y a un problème de plomberie et c'est pour ça qu'il est là, ou s'il fait un état de lieu sur autre chose.

La panique me révèle une phrase qui va me sortir d'impasse : « je peux vous offrir un thé, un café, quelque chose ? », comme s'il était venu me rendre visite pour *chatter* de ses derniers travaux de tricot.

Un prodige se produit. Cette fois il ne mâchonne pas mais il ne fait pas non plus trop de chichi. Non seulement il répond par un oui, mais, en plus, on peut imaginer une grimace sous sa moustache blonde qui, peut-être, avant sa vie de robot signifiait, « *sourire* ».

Je dégaine trop vite peut être et le ronronnement voulait exprimer un « non, merci ». Tant pis. J'ai mis la bouilloire en route.

De nouveau l'anxiété. J'utilise la bouilloire une fois par an. Bref, je prends le risque de faire chauffer de l'eau dans une bouilloire potentiellement remplie de calcaire pour un plombier anglais en train de cocher des cases sur un formulaire.

Du thé. Autre bouffée anxiogène, il est peut être périmé. Je viens d'arriver et j'achète surtout du café. Je me sens témé-raire aujourd'hui. Je prends un autre risque. Je fais chauffer l'eau calcaire, je sors le sachet de thé périmé, je prépare le lait et le sucre. Ce dernier est immanquablement collé au fond du pot à cause de l'humidité. Mais on peut dire, sans trop d'hésitation, qu'un Anglais n'est pas choqué par sa présence.

Le rituel se déroule dans un silence embarrassant. Enfin pour moi. Lui s'en fout éperdument. Il sirote le thé périmé à l'eau calcaire comme si c'était de l'ambroisie, le nectar des Dieux, et mon lavabo son Olympe.

J'esquisse un regard à la montre : 10 heures 33.

Disons qu'il est arrivé à 10 heures et 4 minutes. Cela fait, donc, vingt-neuf minutes de... brassage d'air et de foutage de gueule.

Bientôt, je ferai un tour dans les surfaces de bricolage pour tester ces nouveaux produits. Ils ont l'air efficace.

En effet, après le sirotage de la boisson sacrée, il met sa main dans la poche de pantalon et il en sort un minuscule bidule. Je suis incapable de dire de quoi il s'agit. Il le regarde d'un peu plus près, ensuite d'un peu plus loin, comme s'il s'agissait d'un mécanisme très alambiqué avec toute la technologie nippo - coréenne - allemande embarquée et à manipuler avec beaucoup de précautions et il l'encastre dans l'évier. Je réalise, ensuite, que ce bout de plastique noir n'est même pas totalement adapté à l'évier.

En fin compte, il a fait dans la dentelle, c'est le cas de le dire, en remplissant, signant et tamponnant ces formulaires. Pour solutionner la mini panne, il a « bricolé » une solution que moi-même, j'aurais pu trouver.

Mais c'est le résultat qui compte. L'efficacité qui prime. De son côté, son bout de plastoque, du mien, le thé périmé avec du calcaire.

Justement pour une question d'efficacité, je m'approche de ce robot simili-ours. Surement pas pour avoir un *feed-back* sur la préparation du thé (j'en ai encore honte), mais pour que son déplacement ait un sens.

« L'autre robinet de ce même évier ne se referme pas bien… probablement le joint en caoutchouc doit être changé », je fais noter. Je ne vais pas plus loin. Je ne voudrais pas rentrer dans son domaine d'expertise…

Il m'examine du regard comme si je lui avais demandé de s'allonger nu sur un tapis cloué.

« En contrôlant le formulaire, rien n'est mentionné concernant l'écoulement défectueux dudit robinet », m'explique-t-il. Cette fois, il n'utilise pas de formule magique telle que « *I'm sorry* ». Il ne s'agit pas de clones. Les robots ont été créés, programmés, formatés les uns différents des autres. Cela arrive de rencontrer un robot, qui par insuffisance d'espace mémoire, ne puisse pas dire un mot d'excuse ou de compréhension.

« Pour l'écoulement d'eau, il faudra une autre intervention avec une autre demande spécifique ». Verdict sans appel.

Je suis prête à m'allonger sur le tapis cloué plutôt que revoir ce personnage pour une autre intervention.

Je referme la porte derrière lui et... je griffonne « produit anticalcaire » sur ma liste des courses à venir.

Docteur Jivago

« Il vaut mieux que tu ailles en consultation chez un médecin généraliste ».

Jean a mal à la gorge depuis désormais plus de trois semaines. Il n'a pas de fièvre. Donc, pas d'infection.

« Presque un mois d'inflammation réduit les défenses, perturbe l'équilibre de ton corps, te fatigue et ce n'est pas normal, tout simplement », lui dis-je en essayant de faire preuve d'autorité dans la matière tout en étant aimable.

« D'accord, je prends rendez-vous ». Quand Jean est aussi laconique, cela sous-entend qu'il est inquiet. Dans ce cas pour sa santé. Il n'est pas hypocondriaque. Il n'est presque jamais malade mais à la moindre alerte, il préfère en savoir plus. Comme tout patient, il attend un minimum d'écoute de la part du médecin et assurément un diagnostic et une thérapie adéquats si quelque chose a été décelée durant la consultation ou les examens qui ont suivi.

Il a rendez-vous un vendredi en fin d'après-midi au cabinet d'Abingdon dans lequel nous sommes inscrits.

Il est de retour à la maison. Les enfants lui courent autour avec leurs cris imprévisibles. Je lui indique la cuisine pour lui montrer un apéritif gourmand et un verre de bon vin qui l'attend pour célébrer la fin de la semaine de travail.

« Je ne sais pas trop par où commencer... j'ai eu la visite médicale... ». Avec l'excitation déployée dans la préparation de mes petits plats, j'ai presque oublié le rendez-vous pour lequel j'avais tant insisté.

« Alors, elle t'a donné des antibiotiques ? Ce sont les amygdales ou la gorge ? ».

« Elle ne sait pas trop mais elle suspecte un cancer, car elle a senti une espèce de boule et il y a une plaie sanguinolente au fond de la gorge ».

« Pardon ? Mais… qu'est-ce que tu racontes ? ».

« Pour le moment, elle ne sait pas trop, donc, elle m'a donné du paracétamol à prendre, ensuite, dans une semaine, je dois voir l'un de ses collègues et, si ce n'est toujours pas bien, envisager une biopsie avec un spécialiste ».

Le temps que Jean explique, avec le calme dont on peut être capable après avoir reçu une nouvelle pareille, et je mets de côté mes canapés salés et opte pour un verre de Chardonnay rempli à ras bord.

Je ne suis pas calme, pas du tout. « Attends un moment, tu es en train de me dire que ce médecin après cinq minutes de consultation dans son cabinet a été en mesure de constater un cancer (de la gorge, du palais, de quoi ?) et de te guider vers une thérapie à base de paracétamol. Je rêve. En plus, elle te connaît depuis combien de temps ? Elle t'a vu combien de fois en consultation ? » C'est bien, l'alcool fait effet. Je suis plus détendue dans les pensées mais aussi remontée à l'idée qu'on puisse bafouer à ce point les droits du patient. Sur la base de quoi, de quel examen peut-elle sortir un diagnostic pareil ? Sauf dans un cas déclaré et gravissime, d'abord il y a une biopsie et, ensuite, on peut exprimer la certitude d'un mal aussi grave.

Et voilà'. Pas de chance. Non, il ne s'agit pas du cancer. Jean heureusement

va très bien et il est loin d'avoir un cancer. Il a effectué une biopsie dans une
structure privée d'Oxford où le médecin a
eu du mal à expliquer tout le mal qu'il
pensait du diagnostic de sa consœur.

Pas de chance d'avoir côtoyé d'aussi
près un modèle de robot non défectueux
mais prêt pour la mise au rebut. Je ne sais
pas ce que la centrale-robots fait avec ces
exemplaires semeurs de honte auprès du
fabriquant. Oui. Ce médecin en était surement à son dernier rendez-vous le dernier jour de la semaine. Mais elle n'a pas
pensé une seule seconde qu'elle avait en
face d'elle un patient, un être humain, un
père de famille, quelqu'un qui est également en fin de semaine et qui ne peut pas
être prêt au bout de cinq minutes chrono
de visite à entendre qu'il a probablement
un cancer.

Mais le médecin a bien coché les
cases : rendez-vous effectué, temps imparti respecté, diagnostique rendu, thérapie et même suivi après consultation con-
seillé, quota d'antibiotiques pas dépassé.

Même pas un doute sur l'efficacité de
sa prestation. En tous cas sur le moment.
J'espère que son confrère lui a bien re-
monté les bretelles car ladite médecin

n'est pas prête à traiter avec du matériel humain. Peut-être est-elle très performante, comme le plombier, parce qu'elle coche toutes les cases mais elle ferait mieux de se laquer les ongles derrière un clavier, plutôt que de recevoir les patients sans lever les yeux de son ordinateur (autrement elle aura du retard pour le rendez-vous suivant).

Peut-être fera-t-elle carrière auprès de la centrale-robots. Pour moi, elle est une honte pour la profession.

Après cette expérience, j'ai changé le cabinet de consultation. En cas de vrai cancer, je n'ai pas envie de l'entendre diagnostiquer par la voix de cette dilettante. Je pourrais espérer qu'elle se trompe encore une fois.

Ensuite j'ai appris à stocker des dizaines de boîtes de paracétamol dans l'armoire à pharmacie pour toute la famille. Cela peut être utile pour un mal à la tête, un rhume, un mal à la gorge, une fièvre même prolongée, un mal au ventre, une toux, des cancers de toutes sortes (avant biopsie évidemment).

J'ai appris à m'abstenir de fixer rendez-vous ou de le faire uniquement en cas d'automédication infructueuse.

J'ai appris à ne jamais arriver en retard à un rendez-vous chez un médecin anglais. Vous croyez qu'ils vous écoutent. Non. Ils comptent les minutes en les chronométrant parfaitement pour éviter de créer des embouteillages dans la salle d'attente.

J'ai appris à poser les questions strictement nécessaires, autrement, ils commencent à regarder leur montre pour vous signifier que le temps dont vous disposez est terminé.

J'ai appris à ne pas demander d'antibiotiques. Ils décident de vous les donner s'ils n'ont pas dépassé le quota fixé par leur sécurité (insécurité ?) sociale.

J'ai appris lors d'un rendez-vous à poser éventuellement une seule question. En effet, le panneau sur le banc de l' « accueil » (plutôt un « rejet ») du cabinet médical est plus qu'éloquent : « un rendez-vous = une question, si vous avez besoin de poser plusieurs questions, merci de vous rapprocher de la réception pour fixer une autre consultation ». J'hallucine.

C'est quoi ? Un jeu de grattage ? « Mesdames et messieurs les patients, sachez que nous sommes d'accord pour un eczéma mais si, au même temps, vous avez une gastro, attendez un autre jour et fixez un autre rendez-vous ».

C'est comme ça, le « service » de santé. Certes, il est entièrement gratuit. Mais vu comme ça, je préfère payer quelques sterling et être écoutée.

J'ai appris à dire « ... un peu de paracétamol, ça ira ? » Pour n'importe quel malaise. Le corps médical vous écoute tout de suite parce qu'il espère que vous éviterez de prendre rendez-vous une prochaine fois pour les mêmes symptômes. Ne pas exagérer, donc.

Si vous êtes en santé, célibataire, sans enfants venez (peut-être) en Angleterre, sinon restez chez vous. Le paracétamol existe partout.

Docteur Octopus

Dans le service de « santé » « gratuit », il y a aussi ce qu'on appelle les « dentistes ». Ils sont chargés d'effectuer deux fois par an un contrôle général sensé déceler d'éventuelles caries, et débarrasser le tartre.

« Asseyez-vous », me dit-il, en endossant son masque et ses lunettes le faisant rassembler à un nouveau Docteur Octopus. Jusqu'ici rien de surprenant ou d'inhabituel…à un détail près.

« Votre nom ?, votre adresse ?, numéro de téléphone ?, vos médicaments ?, votre adresse email ?, pouvez-vous répéter ? gmail.com ?, jmail.com ? », insiste-t-il.

J'ai dû me tromper de porte. J'ai dû frapper à la porte d'un contrôleur des impôts. Mais non. La lampe à dix millions de watts me confirme que je suis bien dans un cabinet dentaire en dépit de cette étrange présence humanoïde.

J'ai toutefois un peu de mal à l'entendre car je suis allongée sur le fauteuil lui tournant le dos et Docteur Octopus a les yeux-binocles rivés sur un ordinateur placé contre le mur. Curieuse manière de communiquer. Il s'agit d'un prototype spécifique. Etant donné qu'il prend soin des dents des autres, il bénéficie d'une compensation spéciale, il a en dotation une triple paire de dispositifs pour la vision : des yeux de face, ceux propres à Doc Octopus et une paire placée à l'arrière lui donnant « accès » aux patients.

Après l'inquisition, la « visite ». Il a gardé les gants durant son pianotage sur le clavier. Maintenant il s'apprête à les mettre dans ma bouche...

« Aaaaahhhh », j'ouvre grande la bouche, même si j'anticipe le gout de plastique dans mon bec, tout en espérant faire belle impression face à l'ennemi juré de Spider-Man.

Et non. Gentillesse et politesse obligent. Il touche à peine une prémolaire, comme si le contact avec ma cavité buccale pouvait être source de contamination.

« Ok », marmonne-t-il sous son masque. « Nous nous reverrons dans six mois », m'ordonne-t-il.

J'ai compté au moins cinq minutes pour le détail de mes données et pas plus que quarante secondes de contrôle. Nous sommes assis sur une bombe et le fauteuil en est le déclencheur. Je me lève à la vitesse grande V.

Je vous ai présenté l'archétype de l'efficacité ultime.

Bonne nouvelle : avec les futures taxes de douanes, cette version de robot ne fera pas l'objet d'exportation.

Trois cent soixante-cinq
jours à célébrer

Septembre. La rentrée scolaire... et Noël qui approche. Oui, les robots ont une notion du temps lié aux festivités assez singulière.

Le lendemain de Noël, ils préparent les cartes pour la Saint Valentin.

Inutile de sortir en porte-jarretelles pour le diner du 14 février car il faut déjà penser à la chasse aux œufs dans le jardin pour Pâques.

La surprise dans l'œuf de Pâques est une carte pour la fête des mères.

Sur un transat au bord de la piscine au mois d'août, on discute du menu pour le réveillon. Et du programme pour un déjeuner ou un diner entre copines. Juste avant Noël.

Oui. C'est vrai. Le 10 octobre j'ai reçu une invitation pour un diner de Noël, programmé pour le 16 décembre. Honnêtement je n'arrivais même pas à situer les dates sur le calendrier tellement elles étaient éloignées les unes des autres.

« Avant que vos agendas ne soient remplis, je vous propose un diner entre copines, pour fêter Noël avant l'heure, le 16 décembre à 20 heures. Merci à Sarah de nous recevoir chez elle et voici la répartition des plats salés et sucrés que chacune va apporter : Abbie, Greta et Eva canapés, Claire, Alyson et Sue plat, Chrystie, Teresa et Kate agneau, Beverley Christmas pudding. Pour que notre fête soit sympa, n'oubliez pas d'amener un petit cadeau pour le « Secret Santa ».

J'apprécie l'invitation et surtout l'intelligence de m'avoir évité d'avance un plat raté. En effet, je n'ai aucune idée précise de ce à quoi ressemble un Christmas pudding.

Mais le 11 octobre, j'ai déjà choisi les ingrédients pour les canapés. Le 12 octobre, je change de plan. Vaut mieux jouer une carte tradition et une carte originalité. Tartines au saumon sur une mousse de fromage et ciboulette, et des tartelettes aux courgettes, pignons de pin et olives noires.

Le 13 octobre, je réalise que je suis prête car mon agenda n'est pas rempli du tout. Ça va. J'ai encore deux mois devant moi pour décider ce que je pourrai offrir en cadeau.

Je me dis que l'astuce consiste à choisir un cadeau qui peut faire plaisir. Je fais simple. Je vais essayer de choisir quelque chose à offrir que j'aimerais moi-même recevoir. Je me donne des règles à respecter : ne pas exagérer dans le prix d'achat de l'objet car cela pourrait créer embarras, ne pas être avare car cela pourrait créer embarras également. Inscrire cette tâche dans mon agenda. Wow ! Il commence à se remplir.

Je réalise aussi que c'est un rendez-vous « important » car en regardant les noms inscrits dans l'email d'invitation, aucune personne est « non anglaise ».

Je suis prête à oublier l'expérience avec le plombier. Cette invitation de la part de l'une de mes voisines est très attentionnée. Je suis persuadée qu'il n'y aura aucun robot au diner.

Les pages blanches de mon agenda se suivent et décembre arrive. Enfin, j'ai une liste à remplir, donc, une tâche à mentionner dans... non, je n'ai pas d'agenda, sinon j'aurais l'impression d'avoir à nouveau treize ans. J'ai un bloc ou un cahier qui fait « office de »… si l'une des mains potelées ne le déchire pas avant que je puisse prendre mes notes.

Je fais la liste des courses pour les canapés. Je décide d'en préparer une partie le matin et le restant l'après-midi. Je profiterai de la présence de la *nanny* et, ensuite, de la sieste des bébés. La semaine d'avant, je fais un repérage pour le choix du cadeau. Deux jours avant le choix final qui s'impose. Si le barbecue avec *Pimm's* et *jelly* avait été le premier test pour nous, ce diner sera ma consécration. Je pourrai peut être faire partie de la secte des robots. Un jour.

J'hésite entre un set à manucure, une bougie parfumée et un ensemble de produits de beauté pour le bain. Après avoir posé et reposé deux ou trois différents produits sur l'étagère, je sors satisfaite du magasin avec trois produits de bain dans une jolie pochette zippée.

Agenda vide ou pas, je n'ai pas que ça à faire… il me manque encore le papier cadeau. Je suis enfin débordée. Dans le magasin, il y a la queue à la caisse, ma voiture est garée à cinq cents mètres d'où je suis et la *nanny* va devoir bientôt partir.

J'aurais dû tout écrire dans l'agenda et tout cela aurait été évité.

Le soir du diner arrive. Jean regarde un match de foot.

Moi je cours entre la salle de bain pour terminer le maquillage et la cuisine pour vérifier que les mini tartelettes ne souffrent pas dans le four. Je remonte les escaliers pour vérifier mes cheveux. Je m'arrête au milieu de l'escalier car les chaussures à hauts talons deviennent un danger. Encore dans l'hésitation : queue de cheval ou cheveux dénoués ?

Plusieurs tentatives et je me précipite en bas car les canapés sont en danger dans le four et une de mes chaussures a été mâchouillée par César. J'hésite à demander à Jean quant au choix des cheveux. Ses pieds sur la table basse me donnent une réponse plus qu'éloquente.

Ce sera la queue de cheval. Je ne veux prendre aucun risque en essayant de serrer la main de l'une des invitées, garder la coupe de champagne et déplacer les cheveux des épaules. J'ai la certitude depuis l'aéroport de ne pas avoir une troisième main.

Enième passage en haut pour faire pi-pi. Je suis un peu stressée et ma vessie me le rappelle. Je lui dis de se taire et de se tenir prête à contenir au moins un litre de liquide alcoolisé dans les prochaines quatre heures.

J'arrive à 8 heures et 4 minutes. Là encore, un sujet délicat : l'horaire d'arrivée. Il est dramatiquement compliqué pour moi de choisir l'horaire d'arrivée. Pour éviter l'anxiété du retard, j'arrive à l'heure, mais je me colle le fardeau de paraitre un peu sotte car dans la pièce, il n'y a encore personne et c'est dure de jouer la carte « incognito ».

Il y a des bougies partout. Les meubles sont design avec une touche de rétro par ci par là. Le salon est immense. Plus de cent mètres carrés plafonnés par du verre. Les étoiles au-dessus de nos têtes. Féerique.

« Ah, enchantée, c'est elle la copine dont tu m'as parlé... », me sourit la maîtresse de maison en me proposant une flûte de champagne. Je ne sais pas ce que je dois conclure de sa phrase.

La soirée se passe exactement comme beaucoup d'autres vécues à Paris ou à

Milan. On discute de nous, des autres, du travail, des enfants, des maris trouvés ou quittés, de l'environnement. À la différence qu'il y a dix ans, on discutait de nos rendez-vous galants à venir, des projets de carrière au travail...

Je sirote un verre, deux, trois sans exagérer ou presque.

Jusqu'au moment du « Secret Santa ». Ma première expérience. Une des filles arrive à la table avec un énorme panier qui contient les cadeaux des unes et des autres.

J'attends mon tour pour poser la main et choisir un présent. Mais non, Greta en a décidé autrement. C'est elle qui choisit, sans regarder dans le panier, et distribue aléatoirement les cadeaux en appelant chacune à son tour.

J'ai l'impression de revenir trente ans en arrière. Sans le verre de vin qui m'aide à surmonter l'embarras. Ma mère qui me pousse au centre d'une ronde, lors d'une fête, au Carnaval de la promenade le long de la mer. Aucune petite fille n'a décidé de me choisir pour danser au grand milieu du cercle formé par les autres. Les mains providentielles de ma mère décident à la place des autres. Résultat : je suis seule au milieu et aucune personne ne se décide à me choisir. Je rougis de honte et j'en veux à ma mère. Je m'en vais en pleurant. J'y repense et j'ai encore les mêmes désagréables sensations.

Le soir de Noël heureusement, j'ai un verre de vin à la main.

« Alors maintenant je prends un cadeau pour Alyson, aaaahh, un instant, maintenaaaant pour Abbie ». Je continue à sourire pour donner l'impression de participer au jeu. C'est comme avoir les mains de ma mère qui me poussent par derrière.

Le panier est presque vide. Il ne reste plus que moi à appeler et une autre personne. J'aperçois un coin du papier argenté et mauve qu'enveloppe mon paquet.

Merde. Mon cadeau est encore dans le panier. Merde et merde.

Je bois cul sec la dernière gorgée de mon verre pour me donner de l'espoir. Je ne sais pas quoi faire. Si je dis que le cadeau au papier argenté est le mien, il n'y aura plus de surprise pour la personne qui le recevra. Si non, il faudra tout recommencer. Dans ce cas, je passerai pour une c…, pour celle qui ne connait pas le « Secret Santa ». C'est juste que... Trop tard.

« Et ce paquet est pour… aaahh, Eva ». Oui, le paquet argenté.

Je baisse les yeux pour l'ouvrir sur mes genoux comme pour cacher ma honte. Je dois faire semblant de l'ouvrir et de partager avec ma voisine de table des « ooooh », de surprise et d'admiration pour le choix qui a été fait.

« Qu'est-ce que tu as eu ? », me demande Kate, « regarde, moi c'est une bougie parfumée... », se réjouit-elle. Cependant, elle est obligée de laisser tomber l'échange car je fais semblant de ne pas la comprendre et je réponds à côté de la plaque.

Peut-être croit-elle que j'ai trop bu. Tant mieux car je vais continuer !

Tout est confirmé sans l'ombre d'un doute : il s'agissait d'un test « nouveau prototype robot-femme avec agenda surchargé versus humain du continent ». Je ne suis pas « approuvée conforme ». Depuis, ils tracent mes pas pour que je quitte l'ile après le Brexit et pour que je n'y remette jamais les pieds.

Je rentre à la maison et je trouve Jean plus ou moins dans la même position où je l'ai laissé. Lui aussi avec un nombre généreux de grammes d'alcool dans le sang. Le paquet argenté en moins.

Je tente de faire prendre la poudre d'escampette au colis car avant de partir pour le diner, je lui avais bien montré mon paquet. « Alors tu as eu quoi comme cadeau surprise ? ».

Le cadeau de quelqu'un qui avait un agenda surchargé.

Joyeux anniversaire

Noël est passé et une nouvelle année commence avec les bonnes résolutions comme *leitmotif.*

Pour bien me fondre (confondre ?) dans les coutumes locales, j'achète un agenda avec une jolie couverture cartonnée à l'effigie d'une chouette. Comme emblème d'ici, j'aurais trouvé sans doute plus éloquent un mouton. Mais il n'est pas disponible dans les rayons de la papeterie. Le cochon non plus. Ils doivent considérer cela comme de l'humour caustique. Laissons tomber. Ne cherchons pas à polémiquer. La chouette est jolie. Et c'est pour la bonne cause.

Les occasions pour remplir l'agenda ne manquent pas et elles se suivent les unes après les autres. Grâce à l'école et aux activités extra scolaires de Marius, les relations avec les parents des autres enfants se tissent avec beaucoup de facilité.

Toutefois, parler de vraies amitiés est exagéré. Les « non anglais » sont ici pour des raisons professionnelles d'expatriation ou de mutation de l'entreprise, pas pour le charme exotique du climat et des lieux. Nous nous retrouvons parce que nous nous apprécions et aussi par intérêt. On ne peut le nier. Les robots n'invitent pas les « non-robots » à diner.

Mis à part nos voisins anglais et le barbecue-test, nous ne recevons pas d'invitation à diner par d'autres autochtones. Les robots ne laissent pas les autres spécimens s'infiltrer dans leur maison.

Ils ont peut être reçu des consignes précises du Haut Commandement de ne pas révéler l'intérieur de la maison. Un abri secret pour moutons ? Je ne serais pas étonnée. Ces moutons sont trop bien portants. Je les vois dans les prairies que je longe durant mes déplacements en voiture. Ah, bien sûr. Ils sont nourris régulièrement avec des rations pour moutons, façon Hay Day.

C'est le mois de juin et mise à part la fête des pères, il n'y a rien à célébrer ici. C'est un peu tôt aussi pour employer le mot Noël et tout ce que s'apparente à la période.

Pour pallier au manque de marketing de cette époque de l'année – les rayons sauces et viande assaisonnée en souffrirait outre mesure – les robots ont inventé les anniversaires des enfants. Puisqu'en septembre, il n'y a que la rentrée scolaire, les robots ont trouvé de quoi réchauffer les nuits plus courtes et plus fraîches de la fin d'été. « Concevoir plein de bébés robots ».

Histoire de faire « anglais » comme il se doit, les anniversaires sont célébrés souvent le dimanche. Oui, c'est exact. Le dimanche quand tu essaies de dormir. Quand tu viens juste de récupérer du stress de la semaine et tu es prête à te mettre en mode *off*, tu te rappelles du carton d'invitation reçu un mois auparavant.

Autre *conditio sine qua non* pour survivre en UK, bien maîtriser l'« univers des cartons ».

Il y en a pour toutes les occasions. Vous ne serez jamais en manque de mots ou de supports. Un carton pour dire merci, au revoir, joyeux anniversaire à partir de un an et jusqu'à cent ans et plus, un autre pour Noël, pour la Saint Valentin, ou pour la fête des mères, la fête des pères, celle des grands-pères, du chat, du chien, des écureuils, des poissons rouges et des ratons laveurs.

Vous trouverez des magasins où il n'y a que ça : des cartes. Evidemment. Sacrés robots. Cela est plus qu'évident. Puisqu'ils ne parlent pas beaucoup - et le pire survient quand ils sont en manque d'accu ou sans leur chien - les cartes sont la bonne prestidigitation pour le dire « avec les mots ». En plus, les deux cases « livre sterling » et « facture » sont respectées. On estime à douze cartes la consommation moyenne par an et par individu. La moyenne des mots par individu, en revanche, n'est pas déterminée.

Sur la carte d'invitation de l'anniversaire on précise l'horaire : de 10 heures à midi.

« De 10 heures à midi, un dimanche ??? C'est bien pour toi que je fais cela, cher Marius ».

Je n'étais pas préparée. Je l'admets. Marius est né en décembre. (Oui, au mois de mars j'avais froid). Donc, pas d'opportunité d'organiser une fête en plein air.

J'organise l'anniversaire de mon garçon dans un centre de loisirs. Dans le style toboggans géants sous un immense chapiteau et oreilles en chou-fleur pour les mamans en fin de journée à cause du niveau sonore démesuré. Un samedi après-midi en invitant les copains, les copines et les relations indiquées par Marius comme étant « c'est-bien-qu'il-vienne-celui-là-je-l'aime-bien-s'il-te-plaît-maman ».

Je prépare un carton d'invitation nominatif par mes propres soins. J'achète un gâteau d'anniversaire que je coupe une fois les bougies éteintes et que nous mangeons juste après avoir contemplé le sourire émerveillé de Marius en face des cadeaux.

J'avais tout faux. Enfin, je n'avais rien d'« anglais ».

D'abord ils arrangent les cartes d'invitation en les achetant par paquets de vingt, trente exemplaires car ils ne font aucun choix. Ils invitent tout le monde. Oui, cela sonne à peu près comme ça : « *John* est heureux de vous inviter à son anniversaire le quatorze juin de 10 heures à midi au Parc d'Abingdon ».

Avec un horaire aussi improbable, *John* doit être le seul à être ravi mais tout le monde fait semblant et mets des lunettes de soleil même sous une couche de nuages, pour continuer à dormir. En effet, au mois de juin il n'est pas rare d'être réveillé vers 5 heures du matin. Un coq impertinent ? Non, les volatiles ne s'hasardent pas à traverser le Channel. Vous êtes tout simplement agressé par la lumière qui traverse les rideaux de votre chambre. Peu importe leur épaisseur car dans les maisons d'ici, les volets intérieurs ou extérieurs n'existent pas. Encore une lapalissade : les robots n'en ont pas besoin.

Je dis tout le monde est invité car il n'y a pas d'exception. *John* invite tous les camarades (mâles) de sa classe. Exemple de la tolérance (hypocrisie ?) anglaise ? Oui, c'est bien connu : *ami de tous, ami de personne*. Mais non, les robots sont copains avec tous les camarades de classe. Même avec les tortionnaires, ceux qui poussent, tapent, volent les taille crayons, coupent les cheveux des filles ou essaient d'étrangler votre enfant.

Et pour gérer en bonne intimité familiale les déceptions, les cris épatants ou les larmes de stupeur lorsque votre enfant dépaquète les cadeaux, on fait un panier commun avec tous les cadeaux. Si deux anniversaires de deux « copains » de la classe ont été organisés au même moment dans le même lieu, on se sert du satané panier aussi. On dirait que les robots ont le sens de la pudeur envers les émotions de leurs propres enfants. Les cadeaux sont, donc, ouverts après, une fois que tout le monde est parti.

On dirait aussi que le sens de la pudeur s'invite dans l'assiette car chaque invité rentre à la maison avec la *party-bag*. Ce petit sachet contient des gadgets et des sucreries (les premiers en départ immédiat direction la poubelle, les deuxièmes pour alimenter une carie de Marius) et une part du gâteau d'anniversaire.

Paaaaardoon ? La pauvre maman a peut être décidé de confectionner elle-même la fine pâtisserie et, là, la tranche de tarte va se retrouver désagrégée au fond d'un sachet en plastique ? Bref, ils n'ont pas ouvert les cadeaux et ils n'ont pas mangé le gâteau d'anniversaire. Il faudra qu'on me dise ouvertement que j'étais effrontée d'avoir organisé l'anniversaire de Marius à ma façon.

Une carte de remerciement s'impose. Merci, car j'ai passé mon temps à regarder les enfants courir dans un parc et Marius a goûté une part du gâteau d'anniversaire sans les « copains » et assis devant la télé.

Je me repose tout l'après-midi du dimanche car toutes ces nouveautés ont causé du remue-ménage dans ma compréhension du savoir-vivre anglais. Mais qu'est-ce que je fais dans ce pays ?

Gazon bénit

Entre un anniversaire et un autre, un diner et un café entre copines, le mois de juillet approche à grand pas.

De temps à autre, les températures varient. Même les robots n'arrivent pas à maîtriser le réchauffement de la planète. Ou peut-être l'ont-ils causé ? Car trop malheureux d'avoir toujours 9°C ?

Il y a une oscillation entre 12°C le matin et « des pics de chaleur qui frôlent les 22°C », s'obstine à dire fièrement le *speaker* radio. Peut-être 22°C. Surement. Toujours est-il que mes débardeurs et mes sandales restent au fond de l'armoire.

Mais cette échelle de température provoque chez un robot un effet de turbulence incontrôlable. C'est la raison pour laquelle ils ont adopté un mode vestimentaire fonctionnel et assez basique.

En d'autres termes, après avoir investi dans le bracelet de naissance et l'uniforme des écoliers anglais, le Haut Commandement a décidé d'équiper tout robot adulte moyen d'une panoplie multi-saisons composée d'un tee-shirt à manches courtes, un short et des tongs. Cette tenue s'adapte aussi bien l'été ou l'hiver, par temps sec ou humide, pour homme ou femme.

Détail à ne pas négliger, étant donné que la grande majorité des robots est en surpoids, pour ne pas dire obèse, cette combinaison vestimentaire qui ferait horreur à n'importe quel couturier, laisse chaque kilo de graisse en totale liberté. Un régal pour les yeux du malchanceux touriste qui aura le malheur de rencontrer l'un de ces nombreux spécimens.

Quand un anglais est agité, il choisit parmi cinq ou six choses : boire une bière, manger un paquet de chips, sortir son chien, faire le jardin, se prêter à une séance de tatouage ou « sortir » sa voiture.

Ils ont toujours un ou plusieurs animaux de compagnie et la voiture en fait partie.

Il pleut mais la voiture est propre. Il y a de la boue par endroits après la pluie mais la voiture est nette. Il y a du vent, les routes sont mal entretenues et pleines de cailloux qui se lèvent au passage, mais les voitures sont toujours immaculées.

Sans oublier qu'à partir de 12°C à l'ombre, le triptyque incontournable lunettes - manches courtes - voiture décapotable est de rigueur. Pour légitimer la sortie en cabriolet, ils se rassurent mutuellement en s'exclamant : « *lovely day, isn't it ?* ».

Ils doivent surement gagner des points auprès de La Centrale des robots car la propreté des voitures est un véritable sacerdoce.

Tout comme le jardinage. Entre avril et octobre, soyez prêts à passer la tondeuse à gazon deux fois par semaine. Le gazon pour un anglais, c'est un peu comme la barbe pour un italien. Un don. À la différence que pour un anglais, cela représente quelque chose de sacré, pour un italien, c'est une manière de s'amuser comme une autre. À présent, c'est une tendance, une mode, une énième arme de séduction pour les mâles latins. Essayez de charmer une femme avec un tas de mauvaises herbes coupées. Répétez l'expérience avec la barbe de trois jours de Gabriel Garko... Notez les différences.

Comme la barbe, vous pouvez tondre le gazon tous les jours, même le dimanche, sans risque de déranger votre voisin. Au contraire. Vous avez intérêt à ne pas oublier de tondre.

« Ehrmm, ... », Chris, l'un de nos voisins, commence à être gêné. En réalité, il ne supporte pas de voir son carré de végétation défiguré par les mauvaises herbes du carré d'en face. C'est une agression. Donc, très poliment (hypocritement plutôt), il sort sa tondeuse du garage. Rongée par une curiosité impétueuse, je jette un coup d'œil. Même la tondeuse est propre. Il n'y a même pas l'ombre d'un déchet ou d'un résidu d'herbe précédemment coupée. Le guidon brille sous les rayons de cet été paresseux. Le moteur n'hésite pas une seconde à rugir dès que la manette d'injection est tirée. Chris ne transpire pas en tirant et en poussant son engin.

J'ai des sérieux doutes de fréquenter un tueur en série. Je suis tentée de lui tirer la peau du visage pour vérifier qu'il ne porte pas un masque. « *Lovely day, isn't it* ? », ajoute-t-il, « le jour parfait pour s'occuper du gazon ». « *Yes, indeed* », je lui réponds en exhibant le sourire de type A. Celui qui veut dire « absolument, c'est tellement vrai ce que tu dis que je vais m'y mettre tout de suite ». En effet, je préfère tondre le gazon (Jean où es-tu passé ?) plutôt que mourir écrabouillée par les bras-tenailles du voisin-robot.

Quand Chris sort le chien, il devient bavard. Si vous avez un animal de compagnie, vous arrivez à communiquer car l'anglais pose des questions au chien et il vous répond en jouant le personnage. Certainement, il ne prendrait jamais le risque d'exprimer une opinion directement. Cette touffe de poils à quatre pattes lui offre une occasion en or pour papoter avec « autrui ». S'il a envie que le parterre d'en face soit rasé, il demande à son ami le chien : « ça te dirait de tondre aujourd'hui ? ». Question assortie par l'immanquable « *lovely day, isn't it ?* ». Vous êtes coincés. Vous avez intérêt à sortir du garage votre tondeuse. Sur le champ. Mais *votre* tondeuse sera dans un sale état et elle vous obligera à transpirer car *votre* engin ne démarre jamais à la première tentative.

Une fois terminé le jardin, être rentré de la promenade avec son *dog*, Chris prends l'auto pour aller chercher des bières et des chips. Il les mérite.

Quant à la séance de tatouage, il n'a pas le choix. Il doit s'y prêter. Il pourrait risquer une amende. C'est comme pour une voiture circuler sans plaque d'immatriculation.

Home sweet home ...

Le mois de juillet est presque terminé. Je vois les jours défiler sur le calendrier mais pas sur ma peau. Je suis blanchâtre et tristounette. À la longue, les réveils forcés à 5 heures du matin à cause de la lumière ne sont pas propices à l'effet bonne-mine.

Enfin nous allons bientôt partir en vacances, mais avant, comme chaque année à cette période, je dois passer par une « épreuve ».

Nous sommes les locataires de la maison et le propriétaire est le roi incontesté du bien immobilier. Nous n'avons presque aucun droit. Ah, oui, celui de payer.

« Pardon ? Tu as dit « inspection » ? Est-ce que j'ai bien compris ? ». J'écarquille les yeux en répétant sans cesse la même question. Jean a voulu s'assurer que je sois au courant de ce paragraphe cité dans le bail de location. Il s'agit d'un contrat « classique » géré par une agence (une particulièrement zélée).

« Les locataires doivent se prêter à une inspection des lieux occupés tous les quatre mois ».

« Jean, tu m'écoutes ? Est-ce que tu me veux dans une prison ?! Je t'assure, le plombier était moche. Je lui ai juste offert un thé, en plus périmé et à l'eau calcaire. Par pitié ne m'enfermes pas ! ». Le jardinier doit être surement beau et très pris par d'autres locataires en « manque » car cela fait quatre mois que nous attendons et il n'est toujours pas venu.

Une fois arrivés il y a deux ans, j'avais en effet remarqué un panneau (un bien bien grand pour ne pas passer inaperçu) indiquant « loué et géré par l'agence Smitheson ». Au premier abord, j'avais trouvé cela sérieux, ensuite la sévère réalité s'est imposée de tout son poids.

Le jour du contrôle arrive et je me force de garder mon calme en invitant le représentant de l'agence, coincé sur le pas de la porte, à entrer (dans ma maison).

« Steve » se présente avec un savoir-faire mal assuré. Il me dit remplacer son collègue, un prénommé John. Mmmh, il a dû aller dans le jardin... Il s'agit d'un remplacement ? Et bien, cela se voit car

Steve ne sait pas trop par où commencer cette fouille. Le formulaire qu'il sort de sa sacoche le rassure énormément et, en tendant avec maestria son bras, il le place sur un appui-documents en cuir. « Essaie-t-il de m'impressionner ? Rien n'indique qu'il soit, même de loin, apparenté à Bradley Cooper. Aucune chance de m'impressionner, donc, mon gars. Mon unique souhait est que tu décampes au plus vite. Tu n'as rien à faire ici », je spécule dans ma tête.

« Alors, vous allez me montrer les pièces de la maison, vous souhaitez commencer par quoi ? », me demande Steve pour casser la glace.

Je me mords la langue et lui indique d'un geste de la main qu'il peut commencer par le salon. « C'est quoi ce jeu ? C'est toi le représentant de l'agence, tu connais parfaitement les lieux, ce n'est pas à moi de te montrer quoi que ce soit, en plus d'une inspection je dois passer aussi un examen ?!? C'est ma maison et je paye pour que ce soit comme ça ! ». Je meurs d'envie de lui aboyer tout ce battage mais je mesure les éventuelles représailles...

Il regarde et il note dans son cahier, il observe et il enregistre avec des croix, il examine et il griffonne des messages sur le rapport qu'il devra rendre. Tout est minutieusement enregistré. On dirait un rat qui pointe son nez saillant attiré par une odeur envoûtante. Il se dirige vers un mur en baissant son regard ou il déplace ses sales pattes en effleurant un objet de décoration.

« Il s'agit d'une location vide, ce sont nos meubles, Monsieur ». Sans m'en apercevoir, j'expérimente déjà des phrases « anglaises ». Ma phrase, dans la version polie-hypocrite-anglaise veut dire en effet : « ne touches à rien, bas les pattes, t'as pas le droit, sale con ».

Quand nous nous retrouvons dans la chambre de Marius, il sort l'appareil photos pour prendre des clichés. Il commence comme si de rien n'était par... les toilettes. J'avais bien dit que c'était un rat.

C'est trop. « Pardon Monsieur, est-ce vraiment nécessaire de prendre toutes ces photos alors que tout est en ordre ? C'est notre maison et nous payons pour cela, même pour utiliser les toilettes, sans qu'elles soient prises en photo !! ». Je suis en train d'hausser le ton de la voix.

Il glisse l'appareil photos dans sa poche. La fuite. Comme un rat qui s'éclipse à la vue d'un balai. C'est exactement son style. Il fuit ou il « se cache » derrière règlements, contrats et formulaires. « Je vais noter que vous ne souhaitez pas que la maison soit prise en photos, je vais noter que... », bafouille-t-il en une octave plus aiguë.

« Merci de votre visite Monsieur, à bientôt ». Cela aussi, dans cette nouvelle langue, veut plus communément dire : « casses-toi pauvre con, ne reviens jamais ou je sors mon balai ! ».

Depuis cette première pratique de l'inspection de mon « chez moi », j'ai caché tous les balais et je fais en sorte de ne jamais être présente pendant cette « visite ». J'utilise ce temps comme heure de « liberté surveillée ».

Seulement anglais tu parle-ras

Pour éloigner les ondes négatives propagées par la mauvaise saison, je décide d'amener Marius et deux de ses copains au cinéma.

Je fais la queue au guichet en bonne élève, emmitouflée dans un tee-shirt-cardigan-par-dessus-jeans-bottes car il doit faire encore 9°C et mon sang ne reprend sa circulation qu'à partir de 25°C.

Il n'y a pas mal de monde dans la file d'attente aux guichets : un gros spécimen en tongs et pull-over, sa femelle d'un gabarit identique mais en bottes de fourrure et tee-shirt manches courtes, des exemplaires versions mini qui restent en silence et soudainement s'excitent avec un sachet rempli de grains de maïs soufflé bien gras. Je me demande si je suis véritablement dans un cinéma.

« Alors pour résumer : trois popcorn, deux salés, un sucré, deux sodas, un paquet de bonbons, un café, une bouteille d'eau... cela vous fait... ». Je suis presque en train d'oublier qu'on est là dans la queue pour acheter des places de cinéma.

Pas pour avoir un repas complet. « Mmoui, quatre billets pour la séance de 14 heures 30 ». Vu le prix, je devrais demander un crédit en trois échéances mais je m'apprête déjà à sortir la carte bleue.

Comme dans l'avion, j'espère ne pas me retrouver â côté de quelqu'un en surpoids car ici je suis l'exception. Je me retrouve ensevelie par de la masse adipeuse, de l'odeur grillé et un concert de grignotage et petits cris d'enfants. Même si c'est un dessin animé, cela reste parfois difficile pour moi de tout comprendre. De surcroit avec ce bruit. Si au moins il y avait les sous-titres...

Pas de sous-titres, pas d'autres langues. Les robots sont formatés pour parler une seule langue. La Centrale de fabrication voit à long terme : partout, dans le monde, on parlera anglais.

Pour le moment, s'il y a quelques italiens ou quelques français qui parlent anglais, le pari est loin d'être réussi. Il ne s'agit pas de véritables robots. Autrement, il faudrait être prêt à accepter des exemplaires qui gesticulent, parlent fort, râlent ... qui n'ont pas de tatouages, sauf quand ils courent derrière un ballon.

À propos de ballons : les robots n'ont pas fabriqué que des ballons ronds. Ils ont également développé un modèle ovale et une autre balle, assez petite.

Ils ont présumé que la forme ovale pourrait mieux bouger dans la boue. D'autre part, ils ont décidé de vénérer une petite balle en obligeant les joueurs à s'habiller comme pour une grande cérémonie. Ils trouvent que c'est un jeu tellement électrisant qu'ils le font durer plusieurs jours.

Enfin nous nous asseyons aux places attribuées. Oui, chaque place est attitrée et porte une lettre indiquant la rangée et un numéro pour le siège... même si la salle est quasiment vide. Autre que pour éviter d'écraser les limaces, voilà un bon usage de la lampe torche.

Je le sais pourtant. Avant cette sortie avec les enfants, je décide d'aller voir une comédie (avec Bradley Cooper, *of course*) pour une fois seule et avant la sortie de l'école. La salle est déserte à l'exception de cinq ou six sièges occupés par ci par là. Je me dis qu'il n'y a aucun risque, la probabilité de voir quelqu'un s'asseoir à côté de moi est très faible. Mais non. La caissière a du s'essuyer les mains graisseuses de popcorn en effleurant l'écran. Résultat le siège 7H, mon siège, a maintenant un voisin à sa gauche.

Réaction normale et rock'n'roll dans un cinéma d'outre-Manche : bouger de deux ou trois sièges à droite. Ici, ce n'est même pas la peine d'y penser, pas réglementaire.

À force de penser, la séance de cinéma avec les enfants est terminée. J'ai le ventre à ras bord car popcorn, café et bonbons ne sont pas recommandés pour une bonne digestion. Marius et ses copains sont euphoriques. Je peux donc bien tolérer d'avoir un grain de maïs incrusté dans la molaire supérieure.

« Venez avec moi dans ce magasin, rentrez les enfants, s'il vous plait», j'interromps les enfants dans leurs discours de créatures aliènes, dinosaures et monstres marins. Pas grave car deux secondes après ils parlent d'une passe miraculeuse de Messi. Difficile de suivre. En plus, les deux autres enfants sont anglais.

Avant de rentrer à la maison, j'ai besoin d'acheter un peu de fromage et des vitamines pour Augustin et César.

Je remarque avec de plus en plus d'indices que nous sommes « tolérés » ici. Dans le rayon fromage par exemple. Puisque les variétés de Cheddar n'étaient pas assez nombreuses, ils ont décidé de faire effet-remplissage avec un camembert par-ci, un roquefort, un parmesan et un *manchego* par-là.

Pas le temps d'observer les prouesses marketing du supermarché. Les amis de Marius doivent rentrer à la maison pour leur *tea-time*. Oui, c'est l'*accu-time*.

La première fois j'ai cru qu'il fallait servir quelques biscuits, une compote et un verre de lait et le tour était joué. Noooon. Il faut sortir les saucisses, les pommes de terre, les sandwichs, même des pizzas seront acceptées, mais il faudra oublier les standards du goûter de 4 heures à la française ou de la *merenda* en Italie. Loin d'en avoir envie, comment peut-on même imaginer de diner à 17 heures ? En effet, même pour eux c'est trop tôt. Ils dînent à 17 heures 30.

Je me dépêche dans le supermarché et je ne trouve ni le temps ni la concentration adéquate pour résoudre une véritable énigme.

Je partirai d'Angleterre sans savoir pourquoi la pipette fournie avec le flacon qui contient la complexe association de vitamines ABCDE pour enfant est beaucoup plus courte que la bouteille. Impossible d'aspirer le dernier tiers de ce précieux liquide.

Des deux choses l'une : soit la Centrale a décidé que les robots bébés nécessiteraient une bouteille entière sans besoin de pipette (cette dernière n'étant présente que pour faire plaisir à celui qui travaille au packaging du produit ou pour faire jouer les enfants), soit elle a décidé que pour vendre des litres et des litres de vitamines, il fallait pousser au gaspillage de la moitié du produit. Je ne sais pas. Je suis assez frustrée à l'idée de partir sans en connaitre la raison. Scientifique surement. Dans tous les cas, cela n'est pas à ma portée.

Le monde « tourne à l'anglaise » même pour certains kits de coloriage et autres loisirs créatifs qui mettent potentiellement en péril l'état immaculé de vos murs et rideaux. Je vous jure : je croyais à un défaut de fabrication. J'ai même cru que le feutre était coincé. Ensuite j'ai compris. Les feutres pour les mini-robots s'ouvrent dans le sens contraire d'une

186

aiguille d'une montre. Dans le sens contraire de celui que Marius et moi avons connu lors de nos séances de coloriage en France ou en Italie.

À mon âge, je ne peux pas réapprendre à dessiner de grands soleils jaunes dans un grand ciel bleu derrière une maison. Oups, il faudrait même changer le décor et recommencer à zéro car j'ignore comment dessiner la pluie.

À nous les petits anglais !

Perturbés par des troubles du sommeil ? Évitez- je l'ai déjà dit - d'aller chez le médecin généraliste sans avoir vérifié d'abord dans votre armoire à pharmacie. Deux comprimés de paracétamol suffisent. Deux comprimés car le dosage mille mg ici n'existe pas. Faites en sorte, par ailleurs, d'enregistrer une commande sur internet et de passer ensuite physiquement dans le rayon du supermarché. En effet, vous n'aurez le droit, à chaque passage, qu'à deux boîtes avec seize comprimés à l'intérieur, soit huit tablettes de mille mg, soit deux jours de traitement par boite. À douter que les robots guérissent plus vite que nous...

Donc, si vous avez du mal à tomber dans les bras de Morphée le remède miracle est une émission télé avec débat politique. Même sous l'effet d'une double Red Bull et trois cafés, vous vous abandonnerez aux pouvoirs délassants et soporifiques de ces échanges. Même la présentatrice télé a une voix grave, elle est à peine reprise par la caméra. Comme si sa présence pouvait toucher à la pureté du message.

En Italie, c'est autre chose. Même si vous êtes sous l'influence d'un somnifère, le brassage des cris, des gros mots (il paraît que c'est tendance), du décolleté, des lèvres en bouée de sauvetage et les longues jambes de l'animatrice télé vous réveilleront en sursaut.

En France, vous devez regarder si vous devez respecter dans votre thérapie une heure de plaintes et de protestations par jour.

Les robots ne regardent pas, ne draguent pas dans la rue, en voiture ou au supermarché. Les robots hommes me sourient pitoyablement quand il s'agit de vendre quelque chose. Mmmh, il faut que je reconsidère mon look et ma personne. Pourtant, je pèse toujours cinquante-trois kilos depuis plus de vingt ans, l'ensemble est harmonieux mais je dois émettre de l'énergie douteuse et surtout, par 15°C, je porte un pull. Signe que je ne peux pas être un robot. On n'approche pas quelqu'un d'une autre espèce.

Les robots ne pensent pas au sexe. Comment voulez-vous que l'ébat amoureux soit pimenté avec un « *do you mind if..., Ooooh..., I'm sorry..., Aaahh..., Thank you* ». Trop concentré à savoir si toutes les cases ont bien été cochées : ambiance sensuelle, mots doux et coquins, déshabillage, préliminaires, acte, relaxation, encore mots doux et caresses. Au moins, pas le risque d'avoir une éjaculation précoce avec toutes les cases à cocher et la concentration à maintenir.

Ils sont persuadés qu'au-delà du Channel (c'est comme ça qu'ils appellent « La Manche » car ils considèrent qu'elle leur appartienne) les hommes draguent une femme en disant « *vulez vus kucher avec mouai, ce soi* ? », une coupe de *prosecco* à la main.

Or, plusieurs précisions s'imposent. Primo le *prosecco*, même s'ils le prononcent avec l'accent sur la dernière syllabe pour faire chic et français, n'est pas du tout un produit de France. Il est italien et un français aurait un peu honte d'arriver chez quelqu'un avec une bouteille de *prosecco* à la main.

Deuxio la Centrale est vraiment restée sur un cliché des années quatre-vingts. Prenez un jeune d'aujourd'hui, qui, en France, utiliserait la même phrase pour passer la soirée avec une nana. Et avec *Prosecco* à la main. Il va récolter quoi ? Il va être ridiculisé pendant les dix prochaines années par cette fille et par ses amis. À essayer, néanmoins, car tout ce qui est considéré comme « ringard » peut devenir, à l'inverse, « tendance ».

Troisième explication. La Centrale a dû effacer toute l'histoire avant cette chanson. En effet, aucun robot ne connait d'autres mots en français. « Bon appétit, bonjour, merci » ce sont les seuls mots du répertoire pour quelqu'un de très cultivé. Quelqu'un qui aurait regardé le festival de Cannes à la télé et aurait entendu son acteur américain préféré s'adresser au public français.

Donc, avant la chanson, le néant. Jamais entendu parler d'un roi Louis, peu importe le numéro qui va avec, d'un certain Henri, des Charles ou d'un « dit Pascal ». Forcément. Une phrase telle que « *cogito, ergo sum* » ne peut pas s'accorder à des êtres qui ne pensent pas. Ils agissent.

Napoléon ? Oui. La Centrale a décidé qu'il méritait d'être nommé parmi les garants de l'espèce. Sans plus. Ils ont gagné. Napoléon est celui qui a perdu. C'est pour ça qu'il est célèbre à leurs yeux. Un point c'est tout.

L'Italie ? Non, c'est trop au sud et même si les rayons des supermarchés sont pleins à craquer de pizzas, ils les ont tellement dénaturées qu'elles ressemblent plus à une farandole de salami divers et variés qu'aux bienfaits du régime méditerranéen. Une pizza à l'ananas ? Ça leur fera au moins un fruit dans la journée. Oui, mais avec du chorizo en supplément.

Questions sans réponse

Je souhaite quitter ce pays et ses habitants. Ces derniers doivent exprimer le même souhait envers moi, d'ailleurs. Je suis désormais *persona non grata*.

Même l'assistante du Docteur Octopus m'a lancé un regard réprobateur car j'ai dû annuler un rendez-vous.

Avant de m'éloigner de cette terre, je veux m'efforcer de chercher certaines réponses. Pourquoi boivent-ils un café en faisant leurs courses au supermarché ? Ont-ils caché une troisième main ?

Comment font-ils pour pousser le charriot ? Sirotent-t-ils le café une fois les courses terminées ? Avec les produits surgelés en attente ?

Ils sont persuadés qu'on peut « redécouvrir » le temps passé pour faire les courses. Il n'est pas un temps de corvée, mais de plaisir et de partage, tasse de café à la main.

Non. Ils ne m'auront pas. Le supermarché se trouve juste à côté d'une maison de repos. Il est le terrain privilégié des promenades quotidiennes de toutes les chaises roulantes motorisées ou pas. Moi qui croyais en une touche *full-glamour* avec ce supermarché, c'est raté. Vite que je retourne auprès des moutons !

Ils effectuent souvent des tests pour améliorer leurs exemplaires. Test sur la route avec embouteillage bidon pour mesurer la résistance au stress.

Test pour vérifier la résistance à une température plus élevée que 9°C en recréant par magie quelques rayons de soleil.

J'essaie d'en savoir plus en changeant de chaine de radio. Non. Le display dans la voiture me signale « *wait, searching...* ». Ils ont dû me repérer. Un lapin sauvage en bord de route a les yeux particulièrement lumineux. Une fleur, terminaison d'une mauvaise herbe, a l'air suspecte. Comme si je n'étais pas habilitée à écouter les infos locales. Comme si c'était du domaine privé. Il faut avoir une autorisation.

Je plonge dans une stupeur totale en écoutant l'un des spots à la radio. Une voix mélodieuse récite « si vous avez entre dix-huit et soixante ans et vous êtes en bonne santé vous pouvez participer à des tests pour des nouveaux produits ; vous serez indemnisés de frais soutenues ». Un numéro bref est mentionné pour qu'on puisse s'aventurer à demander davantage d'informations.

Je repense l'annonce en le sous-titrant pour les « *non-anglais* » : « Si vous avez entre dix-huit et soixante ans et vous vous ennuyez à longueur de journée, si vous êtes en bonne santé et surtout une envie incontrôlable vous prends de la mettre en péril, vous pouvez participer à des tests pour des nouveaux produits ; vous serez indemnisés de frais soutenues…si vous survivez ; envoyez un message texte au 99 99 et vous mettrez un trait irrattrapable sur votre privacy ».

J'éteins la radio, peut-être ils sont capables de lire dans mes pensées...

Une autre question qui demeure sans réponse: où vont-ils après avoir reçu la bénédiction à l'église ? Je remarque qu'il y a deux pubs jouxtant l'église du village. Un doute et une certitude me frappent simultanément. Je suis sure qu'iront au pub. Mais quand ? Avant d'aller à l'église pour se faire pardonner du mensonge qu'ils viennent de déclarer dans le formulaire NHS quant aux unités d'alcool absorbées par semaine ? Ou après pour avoir songé à avaler deux pintes pendant la bénédiction ?

Et encore : sont-ils capables de draguer avec zéro unité d'alcool ? Je rectifie : sont-ils aptes à draguer tout court?

Le quartier générale des automates a bien dû se poser cette question car il m'est arrivée de faire l'objet d'un de leurs « tests - drague ».

Je suis à un diner entre copains et je viens de faire connaissance avec une créature déguisée en hominidé mâle. Je lui serre la main pour les présentations d'usage. Dans ce cas, la formule politesse-gentillesse n'est pas au rendez-vous.

Il me regarde comme si j'étais une créature exotique. Il me parle comme s'il découvrait que moi aussi, je peux émettre des sons et qu'en les articulant, ils forment des mots, les mêmes mots que lui. Oui, d'accord, il regarde mes jambes, mon décolleté, et quand je me retourne pour prendre un canapé du plateau que la maitresse de maison m'offre, je suis sure qu'il colle ses yeux sur mes fesses moulées dans un pantalon noir.

Je me retourne et je suis tellement mal à l'aise que j'alterne un mouvement de la main pour retirer une mèche qui pendouille un peu devant mes yeux. Il doit trouver cela carrément érotique parce qu'il penche la tête au ralenti en suivant le mouvement et il reste la bouche ouverte une fraction de seconde.

Je sirote mon verre. Je cherche Jean des yeux. Et oui, il regarde. Normalement, il n'est pas jaloux mais là c'est un peu exagéré. Je voudrais lui expliquer qu'il s'agit d'un prototype de robot sous l'effet d'une substance et que... bref, trop compliqué, il ne comprendrait pas.

L'alcool m'aide à discuter de plein de sujets. J'essaie de rediriger le discours vers des sujets plus épineux comme l'histoire ou la culture générale mais lui se montre intrépide et me contemple intensément des yeux comme s'il avait envie de me manger.

Le test-drague est réussi mais la Centrale a dû considérer qu'il a pris cela trop au sérieux et elle lui enlève des points. En effet, deux jours après, je le croise en voiture, je baisse la vitre en lui faisant un geste de la main pour lui dire « bonjour » et il ne me regarde même pas. Depuis, le

haut-commissaire aux robots a supprimé
ce type de test. Ils ne sont pas doués. Ils
n'arrivent pas à bien doser.

La soutenable légèreté de la mutation professionnelle

Jean m'annonce que nous allons partir. Son entreprise vient de lui confirmer sa *mutation* (de robot à être humain ?) en France.

Première question que je me pose : est-ce que je vais tomber de la poêle au brasier ? Deuxième considération : grâce à l'expérience rapprochée auprès des robots j'ai développé des anticorps très puissants pouvant m'aider dans mes futures expériences ailleurs.

Oui, en fin des comptes, durant ces trois années, j'ai été tellement occupée à observer les agissements des robots que toute éventuelle revanche maniaco-dépressive n'a jamais pu se déclencher.

Donc, merci, Messieurs les Anglais. Pour de vrai. *Thank you very much, indeed.*

Avant le départ nous avons une série de formulaires et formalités à remplir et respecter. Ils sont tellement nombreux que je suis obligée en prévision de rester peut-être un mois supplémentaire pour tout terminer. Je ne veux pas que les robots anglo-saxons communiquent à ceux des Alpes n'importe quelle information me concernant.

Parmi les formalités à suivre il y a aussi des choix à faire. Nous allons vendre, donc, les voitures. Si elles se retrouvent dans un autre pays, elles seront, tout simplement, invendables.

Qui conduit à gauche à part le Royaume Uni, l'Irlande et les pays de l'Empire ? Ben, oui, l'Empire. Ils sont des sentimentaux en fin des comptes ces robots. Ils sont tellement nostalgiques qu'ils s'obstinent à appeler comme ça l'ensemble des pays du Commonwealth.

« On la mettra en vente, elle est parfaite ta voiture, elle sera vendue rapidement et facilement », me dit Jean.

J'ai juste un souci concernant la voiture. Je me demande : « et s'il y avait une sorte de boite noire à l'intérieur ? Ou tout serait enregistré ? ». Je ne serais pas surprise mais plutôt... embêtée à l'idée de me retrouver avec une voiture décidément invendable. Cette boite noire ne serait autre chose qu'un recueil d'insultes proférées en italien, en français et en anglais !

Je prends le risque d'être démasquée et j'avance dans les préparatifs du déménagement.

J'organise un pot de départ avec mes relations diverses et variées : connaissances et copines de l'école de Marius avec leurs enfants, relations directes et indirectes de mon ancien travail. Oui, il y a même des anglais.

Je sais, je suis préparée : dès qu'ils mettront le pied dans la maison, ils enlèveront leur chaussures. Mais alors pourquoi s'entêtent-t-ils à recouvrir leurs sols – et, le pire pour faire le ménage de votre intérieur, leurs escaliers - de moquette ? Parfois il y en a même dans les salles de bain !

Probablement pour camoufler le bruit métallique, résultat du contact entre la carcasse du robot et d'autres matériaux.

Je veux faire simple. Je décide de ne pas me prendre la tête : je m'habille comme une allemande, je cuisine à l'anglaise... avec une coupe de champagne à la main, quand même ! Santé !

Épilogue

*« Survivre aux épreuves est la meil-
leure façon de faire ses preuves ». Daniel
Desbiens*

L'héritage anglais ?

Un sourire de façade que j'affiche en
appuyant sur un mystérieux bouton
« on », un amour pour l'alcool de plus en
plus prononcé. Je suis devenue allergique
aux animaux domestiques, aux pop-corn
(les sujets de sa majesté ont même réussi
à en caser l'arôme artificiel dans le *cappuccino*), à l'humidité et aux corbeaux. Je
tolère encore ceux qui jouent dans Games
Of Thrones.

J'ai envie d'un tatouage reproduisant
une chouette sur la cheville, d'une voiture
sportive que j'utiliserai à partir de 27°C à
l'ombre.

J'ai peaufiné mon style de *hug*. Oui,
cette espèce de fausse embrassade pseu-
do-chaleureuse qu'on utilise pour faire
croire que vous êtes les bienvenus, qu'ils
sont contents de vous voir. À consommer

avec beaucoup de modération. La Centrale a clairement octroyé un quota pour chacun. J'avoue : j'ai un peu de mal. J'ai plutôt tendance à dépasser largement le stock imparti car je suis naturellement prédisposée au toucher.

À chaque fois que je traverse la route, je suis surprise de constater qu'il y a de grandes bandes de peinture blanche dessinées par terre. Oui, les passages piétons sur le continent existent. En Angleterre tous les dispositifs mécatroniques n'en ont pas besoin. Les anglais repèrent voitures et tout obstacle sur leur passage sans réclamer aucun support visuel.

La reine ? Durant ces trois années, personne n'a osé la nommer, sauf à l'occasion de son anniversaire. Encore un manège dans un immense parc d'attractions, un appât pour les touristes. Quoi qu'il en soit. J'adore la reine... celle de la série Games Of Thrones.

J'ai hâte de rentrer en France. J'ai hâte de retrouver les tomates gorgées de soleil croquer sous la dent. Hâte de faire le tri des ordures deux fois par semaine et non pas quotidiennement (sous les yeux inquisiteurs du « *Watching Neighbourhood* »). Hâte de croquer dans une pastèque, dans une pomme juste après les avoir coupées ou lavées et non pas au bout de trois couches d'emballage.

C'est promis. Histoire de ne pas plomber l'ambiance, je ne chanterai plus à mes enfants « il pleut, il pleut bergère, rentre tes blancs moutons... » avant qu'ils ne s'endorment. En revanche, je suis heureuse de pouvoir recommencer à jouer sans aucun complexe ou contradiction latente, « un, deux, trois … soleil ! ».

J'espère au plus vite aller chez le dentiste et y rester au moins vingt minutes, l'entendre dire « ouvrez un peu plus la bouche ». Voir mon généraliste me sourire, m'écouter et chercher une information dans le Vidal sur la posologie d'un médicament autre que le paracétamol. Remarquer qu'il n'a pas de montre à son poignet et qu'il prend le temps pour chaque patient car chacun est différent.

Constater que tout en étant un scientifique il a néanmoins du bon sens. En effet, avoir fixé un rendez-vous pour l'un de vos jumeaux ne vous empêche pas de visiter l'autre de façon préventive (et surtout pour éviter une montée d'angoisse de la maman). En Angleterre ils vous obligent à fixer un autre rendez-vous, à revenir au cabinet tout en empirant la maladie de l'autre jumeau.

Je ne reviendrai pas en Angleterre. Je serai touriste à Londres... mais Londres n'est pas l'Angleterre, heureusement.

J'arrive en France. Je profite du soleil, je renifle les fruits et les légumes affranchis désormais de tout emballage, je mets des chaussures à hauts talons, je me débarrasse de la lampe torche, j'ovationne intérieurement les deux roues sur la piste cyclable. Mais au bout d'une semaine, en conduisant, je remarque un dénommé « rond-point de Didcot » et un « pont d'Oxford ». Ça y est : les robots m'ont repérée. Ils débarquent. À suivre.

Avertissement

Ceci est une œuvre de fiction.

À l'exception des moutons, les personnages et les situations décrits dans ce livre sont purement imaginaires : toute ressemblance avec des personnages ou des événements existant ou ayant existé ne serait que pure coïncidence.

Les opinions exprimées dans cet ouvrage n'engagent que son auteure. Je ne rappellerai pas ici la taille moyenne d'un cerveau de mouton.

Remerciements

Pfff. Pas grand monde. Comment ferais-je pour remercier quelqu'un alors que je n'ai pas arrêté d'aboyer à droite et à gauche ?

Si ce livre a vu le jour c'est grâce à celui qui me permet tous les jours de suivre la thérapie de l'écriture... oui, celui qui ne sait pas changer une ampoule grillée. Jean sait à peine changer une ampoule, il ne touche pas les tuyaux, il peut monter sur un escabeau mais sans quitter son polo Ralph Lauren et les Weston qu'il a aux pieds. S'il a faim, il descend au restaurant. De toute façon, avant de me rencontrer, il n'avait pas de gazinière, un four à micro-ondes lui suffisait et son frigo était constamment vide. Il ne connait pas l'existence du MOMA ou il croit qu'il s'agit d'une faute de frappe pour dire « maman » en italien, il ne saisit pas la différence entre une aquarelle et un *affresco*.

Celui que j'appelle « El Macho », enfin, Jean, *mio amore*.

211

TABLES DES TRIBULATIONS